北の蜉蝣

洪三奎

文芸社

北の蜉蝣《かげろう》

I

東の空が白くなってきた。

山脈は黒い動物が躰を横たえているように見える。それに輪郭を作りながら白く夜が明け始めてきた。

中国側から北朝鮮（朝鮮民主主義人民共和国）の方角の景色を眺めていると、高台から低い台地を見下ろしているような気がしてならない。

夜明けは東の空から確実にやってくるものであることが、はっきりとしてきた。

小型のジープを改造したような自動車は、まだ薄暗い延吉（中国東北部）の街を南に向かって走っていた。

振動の激しい車は舗装道路では何とか我慢も出来たが、未舗装の山間部や川のほとりの狭い道を走るときには、振動や砂埃に悩まされた。

車体の隙間から入ってくる埃で口の中は砂を噛むようだった。

それでも少し眠ったのか目を覚ますと、車は川に沿った舗装道路を走っていた。

「もうすぐですよ」

孫《そん》さんは運転手に行く先を指示しながら、いつもと同じ顔をしてあまり喋ろうとはしない。

川に沿って松の並木が見えてきた。

「この松はね、日本の人たちが植えたものですよ。もともとは柳の木がたくさん並んでいました」

川の幅が徐々に狭くなり、雪解けの水が急流となって流れていた。

「この川が豆満江ですか」

「そうです。白頭山から流れてきます。こちらでは長白山と言っていますよ。よく見なさい川の向こうが北朝鮮です」

夜が明けて辺りを見回した成民《せいみん》は驚いた。小高い山が続き、その麓から川までに古い家並みが続いている光景は、今までに想像したものとあまりにも違っていた。広大な農場があり牛舎のように連なった住宅で人々が暮らしている姿を想像していたが、立派な民家が並び工場のような建物が所々に見える。壁には金日成の肖像画が取り付けてあった。向こう岸の土手には自動車の姿はなく、日傘を差した女性の姿や子供たちが走り、数人の若い軍人がそれぞれ散策を楽しんでいるようだった。

「みんな楽しそうに遊んでいるでしょ。よく見ると私服の監視員があちこちに立っていますよ。手を振ったりこちらに話しかけると連れて行かれますよ。そして家族や兄弟親戚までが取り調べを受けて刑務所に入りますよ」

孫さんの説明があまりにも真実味を帯びて聞こえてくる。

自動車が川の上流方向に進むと、川幅が狭くなり水流も早く、水量も多くなってきた。

辺境の地を想像していた成民は、手の届きそうな所に北朝鮮の国が存在していることが、感動を超えて、改めて新天地に引き込まれて行きそうな気持ちになっていた。

目前に迫ってくる山脈は樹木の緑も濃く、川の流れも次第に緩やかになってきた。

向かいの川辺を数人の家族連れが、自然を装って歩いている姿がわざとらしく見えてならない。

数分後には崔京子《さいきょうこ》に会えるのかと思うと堪らなくなり、つい指を折りながら過ぎた歳月を思い出していた。

2

広島駅八番ホームに停車している六両編成の特別列車が、大きな音をたてて動いた。発車にはまだ時間があるはずだが、と思っていたら、列車は少し後ろに移動して止まった。機関車を連結するときの音だったかと思うと気持ちの動揺が落ち着いてきた。

見送る人の姿はまばらで、できるだけ発車のホームには立ち入らないように申し合わせていたことが守られていた。

列車のなかでは、左腕に紅い腕章を付けた指導員が、スピーカーから流れてくる曲に合わせて手を振りながら、大きな声で歌を唄っている。それは別離の悲しみを和らげようとする配慮なのか、または自分たちの行為を、隠蔽しようとしている作戦の一部なのかは誰にも分らない。ただ味気ないものを見ているようだった。

長白山長く長く輝く者は
鴨緑江流れ流れて輝く者は

今日も自由朝鮮花束の上に
燦然と輝く丈夫は
あーあその名も懐かしい我らの将軍
あーあその名も輝く金日成将軍

指導員の合図に合わせて唄っているのは子供たちだけで、大人たちにとっては歌にはなんの興味もなく、これから先のことが不安で気がかりだった。

「金トンム（同志）、さあ唄いなさい。大きな声で」

指導員が隣の席の老人に話し掛けてきた。

「初めて聞いた北の歌だよ。わしは知らんな、唄いきらんで」

「北も南もないでしょうが。今から北の祖国に帰るのに、まだそんなことを言ってるんですか。今日こうして出発できる四百人の人たちは選ばれた人たちですよ。在日朝鮮公民ですよ。もっと誇りを持ってくださいよ」

「誇りも何も疲れてしまったわい。北に帰っても親戚もおらんし、心配じゃ。わしは慶尚南道がコヒャン（故郷）じゃもんな」

「困ったハラボジ（お爺さん）じゃね。金日成同志が、こうして身寄りのない人たちを国に呼び寄せてくれたのですよ。有り難いことじゃないですか」

「ほうかの、ピカ（原爆）に遭うて役に立たんような者を、日本の政府と組んで他へ連れて行くんじゃないかと思うがの……」

指導員はあきれたと言わんばかりの表情をして、握り拳で椅子の肘掛けを軽くたたいた。発車間際の騒然とした車内で、なぜこうした説得をしなくてはならないのか、指導員は自分に問いかけていた。

いつの間に近くに寄ってきたのか女性の添乗員が、話題を変えるように大声で話しかけてきた。

「さあ唄いなさい。金日成将軍が今までの苦労を忘れさせてくれますよ。世界中でこんなに幸せな国と民族がどこにありますか」

続いて別の歌が始まっていた。

白頭山の天池から済州島の端まで
この国はすばらしい人民の国だ
あーあ自由朝鮮人民共和国
陽や星が輝く祖国の前途よ

「まだ心配があるのか」

前の席に掛けている叔父が後ろを振り向いて声を掛けてきた。

成民は生返事をしながら、汽車の窓からプラットホームを眺めていた。

ガタン、と大きなショックの後、汽車が静かに動き始めた。

「マンセー（ばんざい）、マンセー」

車内から外に向かって、指導員や添乗員たちが率先して大きな声で叫び始めた。

車内から啜り泣きの声がもれている。

「なぜ泣くのですか、ハルモニ（お婆さん）」

「なんだか知らんけど涙が出るのよ」

「希望に向かって前進しているのですよ。さあ笑って大声でマンセーをしましょう」

若い女性の指導員が老婆を励ましていた。

汽車は順調に広島駅のプラットホームを抜け出して、山陽本線を東に向かって走っていた。

成民は数年前の夏休みにアルバイトで、貨物列車からセメントの袋を降ろす作業をしたことがある。列車はその貨物専用の駅を通過していた。炎天下、学資と生活費を稼ぎ出すために、六十キロのセメントを一袋ずつ背中に背負って、足場板の上を何度も往復したことを思い出していた。荷物の熱で背中は赤く爛《ただ》れて原爆に遭った火傷のようになり、皮膚の一部が剝がれていたが、それでも作業を中止することが出来ないので、腰の上に荷物を載せて作業を続けていたあの頃を思い出していた。

列車は加速しながら走っていた。線路の脇に集まっている人の群れが手を振りながら大きな声で叫んでいる。国道側に並んだ人たちは北朝鮮の国旗を振りながら見送っていた。

瞬く間に二つ三つと駅を通り過ぎてしまった。成民は見覚えのある駅を過ぎるとき、右側に見える海岸線に沿って行くと呉線になり、瀬戸内海の海岸を列車は走るはずだがと思っていたが、この列車は左側の線路を走り山に向かっていた。

山陽本線を走っている汽車は山間部を駆けていた。少年の頃、前から引っぱる機関車と後方から押し上げる機関車の激しくて勇壮な姿に感動したり、大きな駆動車輪がスリップをするたびに、手に汗を握って応援したものだった。

蒸気を吐き出しながら空回りする大きな車輪を見ていると、少年たちの鬱憤が一気に吹き飛んで行くような気がしたことを、成民は思い出していた。列車は登り勾配にかかると速度を落とし線路脇の草花が摑み取れそうな速さになるが、線路に沿って流れている川の光景が逆流しているためか、水の輝きが集団をつくりながら流れているような錯覚を覚える。

列車が走り三十分もすると車内も静かになり、指導員や添乗員の姿も消えて、車内の通路を歩く者もいなくなっていた。たぶん関係者はどこかの車両に集まり、会議の最中かも知れないと思った。乗客には途中の停車駅や、行動の予定は全く知らされていなかった。ただ行き先は、明朝新潟港に到着することだけが知らされていた。理由は携行する食糧の準備を知らせるためなのかも知れない。

暫くすると別の男女が二人一組となって巡回してきた。腕には赤十字の腕章を着けて、先刻までの連中とは雰囲気も違っていた。

「困ったことがあったら相談してください」

丁重に声を掛けていた。

「成民、落ち着いたか」

後ろの席から叔父が話し掛けてきた。

「はい、すこし気分が落ち着きました」

「相変わらずうるさい連中じゃ、今のうちに少し眠ったほうがいいぞ」

成民は首を上下に振り納得した素振りを見せて、眠れば少しは気分が変わるだろうと思いながら、首を垂れて目をつむった。

叔父の家族たちも疲れたのか、背もたれに身を寄せて眠っている。

小学校の三年生になったばかりの女の子を頭に、二人の男の子を連れて、五人の家族が帰還列車に乗っていた。

成民にとって彼らは、従兄弟だった。

3

一九五九年八月十三日、朝鮮民主主義人民共和国赤十字代表団と日本赤十字代表団は、インドのカルカッタで調印をした。

在日朝鮮公民の帰国に関する協定である。日本に在留している韓国（南）および朝鮮（北）系の人たちを対象に、朝鮮公民と称して北朝鮮が自国に受け入れることを表明した。

金日成の偉大さを讃え、北朝鮮は地上の天国だと宣伝されると、日々の生活に困窮して、将来の望みや生きる希望すらない浮浪者のような人たちにとっては夢のような話だった。朝鮮戦争後、事あるごとに対立していた南と北の同じ民族は、金日成によってこの国家は統一されるのではないかと真剣に考えていた。

第一次帰国船が、その年の十二月十四日午後四時に新潟港を出発して、二日後の十六日、北朝鮮の清津に到着した。

テレビや新聞の報道は、世紀の大事業であるかのように伝えて、見送りの風景や、到着後の歓迎風景が写真や映像として映し出されると、若者は希望に胸を膨らませて、また老人たちは自分の故国を踏むことが出来る喜びで沸き返っていた。

同じ同胞が殺し合った戦争の恨みも、暫くは脳裏から消えていた。


失業中の友人春山が、その夜訪ねてきた。

「成民聞いたか、予測の通りになったな、これでは外国人登録の国籍条項を、朝鮮に直さないといかんかな」

「考えてみる必要があるな」

「お前、あれに聞いてみろよ」

「あれって誰よ、京子か」

崔京子とのことが噂になっているなと思った。

「京子とは最近逢っていないよ」

「何も隠さんでもいいじゃないか」

「隠してはいないよ」

「ペルゲイン（赤化、北朝鮮の意）の株が上がったので、今頃は鼻息が荒いんじゃないのか」

「最近はこの地区にも出入りしているんじゃないのか、民団（在日本大韓民国民団＝韓国系の団体）系の多いこの町へ来るとは、考えられんな」

成民の父は極度に総連（在日本朝鮮人総連合会＝北朝鮮系の団体）を嫌っていた。それは6・25の戦い（一九五〇年六月二十五日勃発した朝鮮動乱）の折に、北朝鮮のゲリラたちの、父の故郷智異山《チリサン》（韓国全羅南道）でのあまりにも惨い殺人行為が、脳の奥深くに残っていて、大きな傷の一つとなっているのだった。名刹、華厳寺の麓で育った父の兄弟や親戚の話を聞くと、北のゲリラが同じ民族を牛馬のように扱った後で、殺傷した行為が許せなく、その戦いでただ一人の妹が、ゲリラに殺されたことを知った父の嘆きはいつまでも消えることがなかった。

当時韓国南部の山間一帯は、北朝鮮ゲリラの活動が活発だった。後に南部軍と称して撤退した北朝鮮軍とも孤立した形で、独立軍を編成しながら国連軍と戦っていたが、兵員の補充や食料の確保など、現地に居住している住民たちを盾にして抵抗活動を続けていた。そのために住民は使役に駆り出されたり、若者は俄兵士として弾の前に立たされていた。

武器弾薬は無くなり、ゲリラ戦によって得た戦利品だけが唯一の武器だったが、住民は疲弊して、その日の糧はおろか、安息の場もなく山間を駆け巡る野生の動物に等しかった。やがて大半の住民は死亡し、ゲリラたちも掃討されたが、大きな犠牲も残された。

「北の連中の考えることは一切信用できない」

成民の父は、事あるごとに総連批判を繰り返していた。それも多分こうした根拠のある事実を知っていたからかも知れない。

当時新聞の社説で、興味のある論評が目に止まった。失業中の国民や、労働力ともならない在日の国民を、なんの理由で北朝鮮は受け入れようとしているのか。また、人道上の問題として扱い、自国への帰還を阻害することを何人もしてはならない、としているが、世界に対して共産主義の正当性をアピールするのが目的であろうか。または南北動乱によって減少した人口、労働力の増強が目的ではないだろうか、将来に向かっての間接的な戦力を増強しているのではないだろうか、と様々な憶測を生んだ。だが、事実は政治の問題であるように解釈されていた。当時進行していた日韓交渉の妨害と、三十八度戦を越えて韓国側の情報が入手困難になっているために、帰還船を利用してスパイ活動を行ない、韓国政府を政治破壊に陥れるのが目的ではないだろうか、とした極論が論じられていた。

成民の父は総連嫌いが高じて、北への帰還も反対であった。

時々崔京子が成民を訪ねて来ると、不機嫌な顔をして挨拶の返事もしない。

「京子、お前が嫌いではないよ、総連が嫌いなんよ、うちの成民をペルゲイン（赤化）にしないでくれよ、共産党が大嫌いじゃから」

京子にしては取り付くしまもなかった。

4

一九六〇年三月二十九日、第十五次帰還船に乗船するための、特別列車は新潟港に向かっていた。新潟港、同年四月一日発、ソビエト船クリリオン号、五千トンに乗船予定だった。その三日前の昼頃、特別列車は広島の駅を出発した。広島近郊在住の約四百名の帰還者を乗せていた。広島からは第五次船に次いで二度目の帰還だったが、一回の配船で約千名の人員が運ばれていた。

帰還列車は、呉線と山陽本線が合流する三原駅で暫く止まっていたが、列車の乗降口にはそれぞれ二、三人の男が立っている。監視役の男たちは、子供たちがホームの水飲み場に駆けて行くのを見守りながら、笑顔で応対していた。

やがて列車が動き出した。監視員は乗降口を手動で閉めると、またどこかへ消えてしまった。特別に監視が厳しい訳ではないが、それでも要所には総連の要員が立っている。

停車ごとに子供たちや、時には大人たちが飲料水を補給するために、プラットホームに降りるだけで混乱はなかった。

右手側には海岸や入り江の景色が続き、左手側は崖や、時には緩やかな山の稜線が見えて田園の風景がある。

海岸側の席に並んでいる成民と叔父の家族は旅行を楽しんでいる様子でもなく、会話の数が少ない。

見るものが珍しくて、窓の外を指差しながら会話に華を咲かせているのが普通の子供たちだが、彼らは黙って窓の外を眺めたり、座席にもたれて眠ってばかりいる。

成民にしてもこの子供たちと今まで親しく遊んだ記憶もなく、年に二、三度正月の年始の時や、秋夕（チュソク）のチエサ（先祖の祭祀）の時に顔を合わせる程度のつき合いだった。また年齢差が、こうした親近感を作れなかった理由かも知れない。

汽車がいくつもの駅を通過するに従って、成民は何故か不安になってきた。

「本当に十五次船に乗るんだね、途中で気が変わったら私はあんたを恨むよ」

崔京子の言葉が浮かんできた。

この列車の二両目に、京子たちの町の出身者が乗っているはずだった。

広島市を中心に、幾つかの区割りがされて、郡部、地方の市町村、市内は地区単位でまとめられて、その各地区内の申し込み者の中から順位が決められていた。北朝鮮籍の功労者は順位が上位におかれており、韓国籍の者たちは早い順番に組み込まれていた。南から北への転向者を勧誘するための手段でもあった。

こうした手段は、法的には何の根拠もなく北朝鮮籍や韓国籍であっても、自国に帰還しようとする者にとっては同じ権利が認められているはずだ。それらの権利を無視して組織の宣伝に総連の者たちは利用していた。

崔京子と他の二人連れが、夕方七時頃から成民の部落を個別に回っていた。

太田川の流れが止まっている。河口の近くになると、干満によって満面に水が張られているときと、銀色の砂漠のように月の光が散らばっているような、干潮時にはこんな姿に変身していることがある。川の中央部付近には小さな流れがあり、天の川が地上に降りたような光景がある。対岸は暗く遙か山手に民家の明かりが見える。それは星の群れのようで、遠くの河口には漁船の明かりが点滅している。夏の終わり頃になると、岸辺に打ち寄せる小さな波から宝石のような光が零れてくる。夜行虫の群れが波より先を争うような、こんな光景が、海水と真水の混じる河口の豊饒を教えているようだ。

こうした豊かな河口一帯も長年続けられている養豚のために、汚水は垂れ流されて生活環境も最悪の状態になっている。

終戦後に建てられたバラックも壁の板が破れ、中には傾いた家もあるが、密集した地区の中では日々の生活が逞しく営まれていた。

地区の家々に、崔京子は帰還宣伝用のビラを配って歩いていた。

夕食を囲んでいる家を訪問することも、また誰も居ない暗い家に突き当たることもあった。

大半の家庭は貧しいが、来客に対しては親切で、親しみのある態度で話を聞いていた。崔京子は訪問の時間を常に気にかけていた。

帰還案内

お知らせ

日本赤十字社は次のことを皆様にお知らせいたします。

皆様は日本におのこりになることも、朝鮮の北又は南へお帰りになることも或いは先方が貴方を受け入れる限り、何処へ行かれることも、みな貴方のご自由です。

皆様は日本の法令を守られる限り決して日本からの退去を強制されることはありません。


(原文通り)

崔京子たちは日本赤十字社発行のビラを上にして《帰還手続き》と題した数ページの印刷物と一緒に配っていた。

これらの書類は、本来なら役所の窓口で希望者に配布するのが本当だが、総連の組織強化策と、住民の感情を自分の方に向けようとする意図のために、個別に配布をしていた。

そのつど別のビラを渡すことも忘れなかった。

帰国説明会の開催案内

二月十日午後七時より、橋の右側、金尚慶さんの家で、帰国説明会をします。

是非お出かけ下さい。みんなで相談しましょう。

在日本朝鮮人総連合会広島県本部
××支部

崔京子は連日各地区を回っていた。

昼間は海岸にある缶詰工場で働き、日が暮れると総連の活動を続けていた。

成民より二歳年上だが、原爆で父親と死別してからは、母親と弟の三人で暮らしている。

生活の大半は京子の働きに依存し、原爆症の母を庇いながらの生活は楽ではなかった。

「成民、結婚してくれとは言わないけど、私の気持ちが休まるようにして」

二人が逢うと京子はいつも同じことを言いながら、成民の胸にすがりついていた。

ビラを配り終えると深夜になることがある。郊外の地区の応援に出かける時には、自転車に乗り、バスを乗り継いで出かけていた。週末になると決まって泊まり込みで出かけては、同志の家に泊まったり、ときには事務所に泊まることもある。報酬もなく、すべてが自費で賄われていた。

「成民、今度東京の劇団が公演に来るのよ。帰国歓迎が目的の公演らしいよ。切符は私が買うから一緒に行こう」

「うん、躰の具合が良ければね」

「まだ熱が出るの」

「朝がつらいね、全身の倦怠感がとれないんだ。また病院に行ってみようと思うけど」

「早く元気にならないと何もできないよ」

「体重が六十キロを切ったよ」

「…………」

最近の成民は心労と栄養失調が原因で躰の衰弱が激しくて、また定まった職もなく、時々職安に出かけては仕事を探してはいるが、めぼしい職が見当たらない。

事務職の経験もなく、その日限りの日雇いもできないので、将来の計画も全く立たなかった。

数日前にも印刷工場の職が見付かったが、数日で止めてしまった。シンナーの臭いで吐き気をもよおし、頭痛が激しくなり、仕事を続けることができなかった。

就職に失敗したその後の数日間は、音楽喫茶にたむろして、詩人仲間の懐を当てに暮らしていた。こうした虚弱な体質を心配してか、家族たちは成民には寛大に接してくれるのだが、長男である自分の不甲斐なさに自殺を考えたこともある。

妹や三人の弟たちもまだ幼かった。

5

朝鮮金剛劇団が冬の寒い日にやってきた。原色の衣装をまとって、大きな扇子を捧げながら民族舞踊を舞っている。こんなポスターがあちこちに張られていた。

故国帰還歓迎と書かれたポスターを抱えて、崔京子は切符の売り込みに懸命になっていた。

公演の当日、市の公会堂には長い列が出来て満員盛況の札が立てられた。踊りあり、また年配者向けには戦前の流行歌を唄い、郷愁を誘う色々な番組が組まれていた。

寸劇には決まったように、日本の帝国主義から解放を勝ち取った金日成将軍を讃える物語が上演されていた。

《この偉大なる金日成将軍が、日本で暮らしている国民の窮状を思って、故国に呼び寄せてくれるのです。ハルモニもハラボジも皆で手に手を取って、我が故国に帰りましょう》

この言葉に感激の拍手がいつまでも場内に鳴り響いていた。

崔京子も成民の側で感激の涙を流していた。

「私も生活に疲れたわ。病気の母や今から勉強しなくてはならない弟のためにも、一日も早く共和国に帰りたい」

最近は特に帰国についての話題が二人の間には多かった。成民に向かっては、一緒に故国に帰ろうと、はっきりは言わないが、そうしたいという自発的な返答を待っている様子がある。

「躰も悪いし、一緒に帰還しても京子の迷惑になるものね」

「そんなことないよ、私が他の人の二倍も、三倍も働いて、以前の貴方に戻してあげるよ。自信を持って頑張りましょうよ」

成民はこのファイトにいつも押しまくられていた。何をしても前向きに考える京子は、自分のパートナーとしては適任ではないかと思うことがある。

数日後、金尚慶さんの家に人が集まっていた。

互いが顔を合わせると時候の挨拶の前に、必ず帰還の問題を一言、二言と持ちかけてくるが、詳しい話ではなく、どの地区から何人が何日出発の船に乗ったとか、どんな荷物をどれ程送ったとか、こんな話題が多かった。

二十人程の人が集まっていた。

「皆さんお忙しいところを集まっていただいてありがとうございます。最初にお断りしておきますが、今日の集まりは北朝鮮も韓国も関係ありません、私たちはおなじ民族であり、おなじ同胞です。帰る国が北であっても、自分の国です。この点をよく覚えておいてください。私も、貴方も同じ国民です」

「そんなことはないじゃろう。登録証（外国人登録証）には国籍のところに、朝鮮籍と韓国籍と二種類あるのはどうしてかの」

「それは、三十八度線を境にして自分の出身地で便宜上分けているのです」

「そんなことはないぞ、アメリカに付くか、ソ連に付くかじゃないのか」

「たとえそうであっても、同じ民族には違いないでしょう。故国に帰るのに、私たちだけでも気持ちを一つにしてはどうですか」

質問した男の返答は適当にあしらっておいて、金日成の功績を、くどくどと並べたてながら説明会は進んでいった。

「ちょっと聞きたいのですが」

年配の女性から質問が出た。

「私のことではないんですが、ちょっと聞いてくれと頼まれましてね。その人は解放後（一九四五年八月十五日、終戦）韓国に帰ってから、すぐまた日本に密航で来たんですが、それでも船に乗れますかね」

その女性は自分のことを他人にたとえて尋ねていた。当時密航者についての取り締まりは厳しく、過去にさかのぼって罪を問われる。逮捕されると大村収容所（長崎県）に収監され、韓国に強制送還されることになっていた。

「大丈夫ですよ。我が祖国は喜んで受け入れてくれますよ」

安心したのかその後年配の女性は、笑顔を浮かべながら説明を熱心に聞いていた。

説明をした男の言葉は事実だった。密航者には外国人登録証の不携帯者が大半だった。当然役所に登録証の申請をすると密航者として告発されることを恐れて、社会の表に出ることを嫌っていた。

しかし帰還を希望する者に限っては人道上の処置として、特別に外国人登録証を発行していた。しかしこうした条件の人たちには、帰還を中途で変更することは出来ない。

それは密航者としての烙印が優先してくるからだった。

説明会の会場では、京子が案内役を担当していて、来客には旧知の間柄のように親切な態度で振る舞っていた。

「私もね、できるだけ早く乗船出来るようにお願いしているのですよ。一緒に帰りましょうよ。少しでも顔見知りだと安心だからね」

この地区からはすでに十所帯の家族が帰還の申し込みをすることになっていた。

こんな報告を聞いているうちに時間の経過も早く、説明会も終わりになってきた。

「さあ皆さん、目を閉じてくださいる。電灯も暫く消しますよ」

緩やかなテンポの音楽が小型のテープレコーダーから流れてきた。低いクラリネットの音が聞こえて、やがてバイオリンの音でアリランの曲が流れ始めた。

「思い出してください。故郷での子供の頃を、丘の上に紅い大きな夕陽が沈みます。ポプラの並木道を牛を引いた子供が行きます。あなたのお兄さんですか、弟さんですか」

ゆっくりしたナレーションが、いやが応でも郷愁を誘ってくる。曲が変わった。

「この国でどんなに苦労をしましたか、どれほど苦しめられましたか。苦しかったあの頃を思い出してください」

何処からか、すすり泣く声がする。鼻をかむ音がする。

「そこにお座りなっている朴さん、貴方は奥さんと、二人の子供さんを故郷に残して日本に連れて来られましたね、逢いたいでしょう。一度でいい、子供に声をかけてやりたいでしょう。あのアメリカとの戦争で、生きているのやら、死んでしまったのやら……、早く統一が出来たらいいですね。一日も早く自分の生まれた祖国に帰りましょうよ」

朴老人は声を出して泣き始めた。

「これからの人生は、貧しくても平穏でありたいですね。一握りの米をみんなで分け合いましょうよ。手を取り合ってわが故郷に帰りましょうよ」

それぞれが歩いてきた人生は、苦難の連続ではなかったろうか。幸せで楽しい人生であった人は、多分一人もいないはずだった。

ナレーションが終わりしばらくして、電灯が点されると、この日集まってきた全ての人たちは目許を濡らしていた。静かな空間のような時間が流れて行った。

「また近いうちにお会いしましょう。大切な躰ですから、気をつけてお帰りください」

主催者にも、集まってきた人たちからは満足と言える何かが伝わってくるのだった。

こうした感激のひと時の様子を、崔京子は成民に話していた。

「貴方こそ、集会に参加すべきよ。誰よりも苦労をしているんだものね」

「苦労ってどんな苦労だ」

「いつも言ってたじゃない。学校を受験しても、国籍が違うから入学させないとか、入社試験を受けようとしたら、総務課の人が、韓国人は採用しないからと言って断られたとか」

「今更そんなことを言っても、どうしようもないよ。日本人だって職に困っているもの」

「そんな考えで、今から生きて行けるの」

ふたりはいつも逢うとこうした議論に終始していた。

崔京子は過激な自分を反省しながらそっと成民の手を握り、自分の気持ちのやり場を探していた。

「いつも冷静なのね、そんなところが好きかな」

こうして京子は事あるごとに、自分の気持ちを投げかけてくるが、成民には受けとめるだけの気持ちに余裕がない。

その後着々と帰還手続きは進んでいた。

総連の係員が帰還希望者に付き添って、日本赤十字社の代行をしている市町村の受付窓口に出向いて代筆をしたり、自分の自転車に乗せて送迎をしたり、または早朝からバスに乗せて同行しては帰還者の世話をしている。

それから暫くして、京子は工場を辞めてしまった。自分が帰還船に乗るまでは、組織に対してのお礼として、他の帰還者の世話をすることにしていた。帰還許可が出ていないのに、崔京子はすでに許可を得た者の気持ちなっていた。

太田川には冬の気配が漂っている。養豚場から流れ出る糞尿から湯気が立ち上り、向かいの河原が見えなくなっている。満潮の朝は一段と冷たく、塵に混じって流木が河口に向かって緩やかに流れている。

霧が立ち込めて白い大きなカーテンが川を覆うと、春が近くまでやってきたのではないかと近所の人たちは感じているようだ。

川に突き出している豚小屋から、甲高い豚の鳴き声が聞こえると、雌豚たちが発情の季節を迎えているのが分かる。早朝から種付けをして数日様子を観察していると、雌豚が落ち着いた行動をする。その頃から九十日を過ぎると出産の時期になる。

豚の出産は海水の干満に関係があって、出産が近くなると妊娠した雌豚は行動が落ち着かなくなり、藁を集めたり大きな腹を横たえて鼻息が荒くなる。その頃になると川の様子を観察して、満ち潮だと深夜でも時間に関係なく出産の準備や手伝いをする。

母豚は躰を横たえて自分で出産はするものの、生まれてきた小豚の処理が出来ない。巨体を移動しながら小豚を踏み潰してしまうので、人の助け無くしては小豚は生まれない。

6

広島市の北部に住んでいる叔父夫婦が訪ねて来た。すっかり暮れた道をオート三輪車に乗ってやってきた。大きなエンジンの音を立てて、近所に聞こえるように成民の家の前で止まった。成民の家族たちは叔父であることを察知して部屋の整理をしていた。

叔父は兄である成民の父に帰国についての相談を持ちかけようとしていた。

「お兄さん、このたび北に帰ろうかと思います」

「また急な話じゃの」

「ここで暮らしても、満足に子供を育てることが出来ないでしょうが」

「じゃあ、北に帰ったら育てられるのか」

「ここじゃ、学校を出ても働く所がないですよ。どうも総連の連中の話が半分にしても北の方がここよりはいいんじゃないですか」

「北に行ったら、もう逢えないような気がするがね」

「そんなことはないでしょう。現に近所のお寺に住んでた男が第二次船で帰ったでしょう。

手紙が来たようですよ。何も心配しなくてもいいってね。家族の規模によって家も準備してあるそうですよ。寺の坊主が嘘は言わないでしょう」

「おまえの故郷は慶尚道だろ、なんで北の寒いところに帰るのだ。アボジ（成民の祖父）の墓をどうするんだ」

「それはね、統一できたら一番に墓参りに行きますよ。日本からいま行けないでしょう。その時のためにも私が先に帰って、兄さんたちを迎える準備をしておきますよ」

「おまえは赤になったのか」

「そうです。韓国の籍で帰るより朝鮮籍で帰る方が、受け入れ側の心証もいいのではないですか」

「それなら今更相談しなくてもいいのに」

「兄さん二人だけの兄弟ですよ。笑顔で送り出して下さいよ」

「なんだ、生意気なことを言って、あのときどんな気持ちでこの国にやってきたのか忘れたのか。徴用に取られたアボジ（父親）を捜すために妹だけを伯父に預けて日本にやってきたのを覚えているか。おまえは、どうしてもわしと一緒について来ると言って泣いたではないか。ああ、あの時小さなおまえの手を引いてこの国に来たのに、また別れるのか、淋しいな」

暫く沈黙が流れて、お互いが涙を拭きながら何も語ろうとしない。叔父四十五歳、成民の父五十三歳の冬。

「成民、崔さんの娘も帰るらしいな」

突然叔父が成民に尋ねた。

「ああ、京子のことね、はっきりは聞いてないけど」

「いや、おまえも一緒に帰るとか言っていたぞ。総連の連中の話だから間違いないと思うがな」

成民の父は言葉を挟もうとしない。

「おまえは帰ったほうがいいよ。北は今からの国だからな。真剣に考えろよ。一緒に帰れるのなら、わしはうれしいぞ」

父は俯いたまま一言も喋らない。

「先に帰って、お父さんを呼んでやれよ」

成民は叔父の説得に口を挟む理由が見当たらなかった。

その夜叔父が帰った後、成民の父は落ち着いた口調で話しかけてきた。

「成民、おまえ北に行ってもいいぞ。おまえの叔父さんと一緒に行くのならわしも安心して送り出せるよ。向こうに帰って、もっと勉強して、嫁さん貰って、わしを呼んでくれんか。

父親の代わりがいるからいいじゃないか」

父の言葉は先刻から考えていた結果ではないかと思った。

「だがな、一つだけ条件がある。韓国籍のままで行ってくれよ。赤に転向して行かないでくれんか」

「いますぐ返事は出来ないよ。小さい弟たちを残し、父さん一人でどのようにして生活していく積もり」

父親は黙ってしまった。

父にとっては今日までの苦労がこうした形で終結するのが堪らなかった。せめても成民が成人して、母親のいない家庭を建て直してくれることばかりが楽しみであり、唯一の希望でもあった。

原爆の後遺症で亡くなった成民の母親に代わって、男だけの力で子供たちを育ててきた父にとっては、明日から生きて行くことへの力が失われてくるようだった。それほど父にとって成民は、生き甲斐でもあった。

倒壊したバラックを建て直して、なんとか雨露をしのぐことのできる小屋の中で、幼い子供たちの食料を調達することに懸命だったあの頃を、成民は思い出していた。風呂の設備もなく河原で躰を洗ったり、夏が過ぎると自然に垢の付いた顔が動物の顔に似てきた。

父はまだ夜が明けない頃から焼け跡に出かけて、鉄屑を漁っていた。当時鉄の価格は安くて重量に見合うほどの収入はなく、当然色もの（銅、砲金）や鋳物類を主として集めていた。大八車にみかん箱を幾つかくくり付けて、戦災前の建物や工場の跡地を思い出しながら歩き廻っていた。目の付け所の良かった父は、同業のだれよりも収入が多かった。

父のいない時間は弟たちの世話をして、家族を守るのが成民の仕事だった。

この夜、父は成民に隠れて焼酎を飲んでいた。蒲団のなかで、声を殺して泣いているのが聞こえてくるが、成民にはどうすればよいものかと、ただ迷い続けるより他に方法が見つからない。

言葉の少ない父の胸の内は誰よりも成民が知っていた。

翌日、崔京子が訪ねてきた。重要な話があると言うので、郊外へバスに乗って出かけて行った。梅の花が咲き、風は冷たいが太陽の下では暖かい。古い屋敷町を歩きながら疲れたのか、白壁を背にして二人は腰を下ろした。成民は子供の頃に海岸で見た煮干しの乾燥場を思い出していた。白い砂浜に並べられた鰯は天日の中で数分もすると乾燥が始まる、太陽の下に並べられるとぬくぬくとしてこんなに気持ちが良いものか、と思っていた。

「成民一緒に暮らそう」

いきなり京子が被さってきた。成民は両手で抱き止めながら、京子の顔に自分の顔をくっつけていた。

「成民、私を抱いて、あの時のように」

そう言えばあれから何日経ったかな、忘れた訳ではないが自分から積極的に京子を求めて行ったのではなかった。あの時は公園のベンチで互いに抱き合い、互いの唇を吸い、その先はどうすべきかと考えながら、心臓の鼓動だけが激しく鳴っていた。いつの間にかごく自然に、京子のスカートに成民の手が入っていた。大腿部は温かく少し汗ばんでいたが、指に触れる物への好奇心は、いつも想像していたものとは違っていた。それは母の肌に触れたような温かいものであり、女の冷たい感触ではなかった。恥じらいと呻きのような声を出して京子は成民の躰を離そうとしなかった。淡い恋の憧れとは異質なものが、躰から脳裏へと突き抜けて行った。

「あなたが私にとって最初の男性よ」

京子の言葉がいつまでも成民の耳のなかに残っている。最初の男である感激と、征服したという満足を噛み締めようとしたが、どのように京子を扱ったのか思い出すことが出来なかった。

あの時は京子が下着を着けながら俯いて泣いているのが哀れでならなかった。

成民は京子の上半身を抱き起こして、先日の夜のように唇を合わせた。白壁からの反射した光が京子の顔を照らし、その中で瞑った目から睫が長く映り、改めて女を感じた。ふと何処かで見たことのある仏像の顔を思い出していた。京子は抵抗力を失った生き物のように体重を成民に預けてくるので、右手に力を入れて支えていると、遊んでいる左手が自然に京子の乳房を触っていた。大きくもなく片手で触るとあまりにも都合が良く、手触りの良いのが印象的で、暫く二人は塑像のように動かなかった。

「成民、あなたの叔父さんから聞いたけど、一緒に北に帰ろうよ」

「…………」

「ここにいても苦しいことばかりで、私たちは一緒になれないと思うのよ」

成民は思った、京子は一緒になることが前提で躰を許しているのか。だが以前ほど京子を避けていない自分にも気がついていた。

「親父は京子に偏見を持っているのではなく、北の思想に疑問を持っているだけだよ」

「でもね、この運動が私には生き甲斐なの、マルクスやレーニンの思想なんて全くわからないもの、仕事で疲れて、なにかに熱中するものが欲しいだけなのよ」

「今更赤のレッテルを張り付けられて、誰もそんな風に理解はしてくれないよ」

「貴方は、分かってくれる」

「…………」

昼を過ぎ、太陽も柔らかくなると、成民と京子は話の結論を出さないままで帰路について
いた。
それから数日間は成民の頭の中は、帰還についての迷いと将来についての不安でいっぱい
だった。言葉の壁、話に聞いている集団農場、全てが同一労働と同一分配といったことを、
だれからも学ぶことや聞き出すことも出来ないのが大きな不安であった。
大学に進学するにも語学を最初から学ばなくてはならない。生活は時間とともに慣れて来
るが、体力的に耐えられるのだろうか。また残して行く父や弟たちの将来を考えると、胸を
張って帰還列車に乗る勇気が湧かない。
成民は、何度も《帰還案内》を読み返していた。

〈帰還の手続〉第二、資格

(二) しかしながらいったん朝鮮人がその祖国に帰った後においては、日本政府のとく
べつの許可のない限りは再び日本へ来ることはできません。従って朝鮮の方々はその夫
をまず朝鮮に帰し、様子をみた上で、もし良かったら家族も帰るが、もし悪かったら夫
を再び日本へ呼び戻すといったようなことはできないのであります。この点はくれぐれ
も注意していただきます。

（原文通り）

この内容を知っている叔父の考えは、再び日本の地を踏むことはないであろうと思っているに違いなかった。

最近になって帰還申し込み者の顔ぶれが見えてきた。

一番多いのは、一人暮らしの老人と被爆者の居る家族、そして失業者だった。

日本に在留していても、生活が困窮している人たちが大半を占めていた。

原爆病院に入院中の木村（李）老人が部落に帰ってきた。二人の息子と妻を原爆で亡くしたこの老人は、久しぶりに自分の家の戸を開けて一間だけの部屋を掃除していた。頭には白い包帯が巻かれており、左の足にはギプスが着けられている。帰還の申し込みをするために病院を逃げ出してきたのだが、誰に申し込めば良いのか近所の人たちに尋ねていた。北朝鮮に帰れば病院はあるのだろうか、原爆病でも帰還を受け入れてくれるだろうか、そうした内容を真剣に尋ねていた。

崔京子は木村老人を引率して市役所の日赤特設窓口にやってきた。

原爆の被害を免れたこの建物は、堅固な煉瓦造りで、内部の整理も改修もせず薄暗いが、室内の空気はひんやりとしている。

正面の玄関を入って右側の端に渉外課の表示があり、その受付カウンターに帰還説明の掲示がある。京子は木村老人を待合のベンチに座らせて、何度か顔見知りの事務員に話しかけた。事務員は手慣れた順序で持ち込んだ書類を一通り見て、木村老人に向かって少し大きな声で話をしようとした。

「李さん（木村）に間違いありませんか」

確認のつもりで声をかけた。

「………」

「あの格好だと病人ですか」

「そうです。原爆病院から抜け出してきたんですよ」

崔京子が説明すると、

「ひょっとしたら、診断書が必要になるかも知れませんよ。尋ねてきましょうね」

と言って事務員が窓際の男に伺いに行った。

「なんで診断書がいるんかの、わしは病人じゃないぞ」

突然、木村老人が立ち上がり、カウンターに手をついて大声で怒鳴った。

一瞬、周囲の顔がその老人に向けられた。

「ピカ（原爆）を受けたもんは病人か、なんという病気か、おい、教えてくれんか」

窓際の男を指差しながら木村老人は怒鳴った。怒鳴られた男は机から立ち上がり、無言で老人を見つめていた。

「お前たちはな、自分の国に帰ろうとする者まで差別をするのか。お前たちが勝手に始めた戦争で、なにも罪のないわしらがこうして苦しんでおるのが分からんのか。わしはな、嫁と二人の息子がピカで死んだのよ、一人ぼっちになったんじゃ。こんな国から一日もはやく出て行きたいんじゃ。馬鹿もの」

自分の欝憤が断片的に出てくることへの焦りが、顔面を震わせ、紅潮させている。

「お前たちが、無理矢理に連れて来なければこうした格好を人に曝すことはないしの。また、わしらがお前たちと同じようにピカに遭う理由もないんじゃ。お前たちを恨んでも恨み足りないのよ」

一気に喋ると、木村老人は疲れたのかその場に崩れてしまった。

崔京子はこの場に居続けることが出来なくなっていた。自分の現在もこの老人が訴えていることに似ているからだった。

原爆で父を亡くして、なんとか生計を維持している現状を考えると、生活の保障もないこの国に留まるより、たとえ冒険であっても帰還の道を選ぶ自分の心情を、代弁しているように思えたからだ。

苦しそうに肩で呼吸をしている木村老人と二人で、待合のベンチに腰掛けて、老人の背中を撫でながら自分の父を感じていた。父もこうした姿で生きているより、やはりあの時死んでくれたことの方が、よかったのではないかと思っていた。

昭和二十年八月六日原爆が投下された朝、夏休み中の京子たちは部屋の中で眠っていた。その日に限って父は、横川町まで行くのだと言って早朝出かけて行った。広島の中心地から南の外れに住んでいた崔京子の家族は、日蔭に住んでいたために直接閃光を浴びることもなく、爆風によって倒壊した建物の被害だけですんだ。

安普請のバラック建てでは、建物の下敷きの心配はなく、細い杉の柱にトタンを打ち付けた家は、爆風によって屋根が飛んでしまい畳の上敷きだけが残っていたが、土間に飛び降りて床下に潜り込んだために、特に人的被害は受けなかった。だが、屋外で閃光を浴びた者たちは、ほとんど火傷を負って苦しんでいた。

原爆が投下されて五日が過ぎても父は帰ってこなかった。幼い弟を家に残して、母と京子は父を捜して焼け野原を尋ね歩いていた。そうして捜し歩いているうちに、被爆者の収容先を尋ねて歩くことに気がついた。郊外の学校を捜しながら廊下や講堂のなかを、顔すら識別出来ない被爆者たちに、一人また一人と尋ねて歩いた。

川の中には死体を敷きつめたような風景が拡がっていた。

雨や風をしのぐことのできそうな建物のなかを捜し回っているうちに、偶然にも郊外の公会堂で父に出会った。

京子の父は広い建物の隅で頭から軍用の毛布を被り、今にも死体として搬出されそうになっていた。

発見の手がかりになったのは、その朝、父の出掛けに着せてやったシャツの縞模様が母の目に止まった。血塗《ちまみ》れになったそのシャツを握り締めて、大声で父の名を呼んだが、微かにうなずくだけで生気は感じられない、父を寝かせて母は看病を始めた。

「京子急いで家に帰って、近所の人を呼んで来てくれんか」

京子は照りつける焼け跡の道を、応援を頼みに一目散に走った。

市内電車のレールの上を走ると足の裏が熱くなり、垂れ下がった電線を避けながら、電車の停留所を目標に走っていた。

鉄橋があった。数人の男たちが崩れた鉄橋に宙吊りになっている枕木を伝って川を渡っていた。泣きながら走っている京子を男たちは手を取って助けてくれた。

数時間後にやっと、近所の男の人を二人連れて母のもとに駆けつけて見ると、すでに父は死んでいた。医者が死亡の確認をした後に、遺体は家に連れて帰ることにした。

父が被っていた毛布を剝ぎ取ると、白い物が混じった髭は伸びて、識別が出来ないほど顔は腫れ上がっていた。それでも、自慢の鼻筋だけは生前の面影を残している。

躰に張り付いた薄いシャツは皮膚の色に染まり、肉体との識別すらできない。

うつ伏せにした遺体の襟元からシャツを剝ぎ取ろうとすると、焼け爛れた躰の一部から小さな蛆《うじ》が這い出してきた。それを箸で一匹ずつ取り除きながら、気丈な母は涙を流そうともしない。それは不可能に近い状況の中で、父と会うことのできた喜びが、悲しみに勝っていたからかもしれない。

自宅のバラック家に連れて帰ったものの、遺体を安置する場所もなく、ましてや他人の弔いなぞ珍しくもない時に、太田川の土手で薪や崩れた家の木材を積み重ねて、父を荼毘に付した。

西の空に真っ赤な夕焼けが映り、白い煙は垂直に天を目指して昇っていった。

母はいつまでも父の側を離れなかった。

少女の頃を思い出していた京子は、いつのまにか木村老人と自分の父とを比べていた。

木村老人は呼吸が落ち着き立ち上がると、窓辺の管理者らしい男を指差しながら、再び掠れた声で挑みかかった。

「お前たちの世話にはならん。だがの、わしは国へ帰る。向こうに帰っても当面生活が出来るだけの保証金をくれんか、いや、お前に言うとるんじゃない。どこに行ったら保障して貰えるか教えてくれんか」

「それは、二階の援護課に行かれたらいいですよ」

「…………」

木村老人は杖を持ち直して歩き始めた。

京子は老人を追いかけて腕を取り、二階の階段を上り始めたが、階段の中程で木村老人は座りこんでしまった。

「京子ちゃん、すまんなこんな無様な格好を見せて、誰にこの思いをぶちまけたらいいのか、自分でも分からんのよ。誰に会って話しても答えは出ないのよね、国が悪いからね。全部日本の政府が悪いのよ」

木村老人は自分の行動を認識した上での行動であることが、京子には嬉しかった。

「木村さん病院に帰ろうか」

「いや、いま病院に帰ったら再び外には出ることは出来ないよ」

「それでも、躰が衰弱しているでしょうが」

「なに、自分の躰は自分がよう知っとるよ」

悲惨な老人の姿を見ていると、執念のようなものが伝わってくる。京子は、成民にこの老人のような情熱がいくらかでもあったら、と思っていた。

「わしはな、家族を皆亡くしたが、誰かが家族の骨を持って、故郷の土の中に埋めてやらんといかんのよ。わしは帰るまで死なんよ。北でも南でもいい、同じ国の土の上じゃないか」

京子は木村老人の言い分を聞いてやり、介助をしながら家に送り届けて寝かせてやったが、その夜遅く京子は救急車の音で目が覚めた。木村老人の家に駆けつけてみると、木村老人はすでに息を引き取っていた。

誰にも看取られず、昼間の剣幕を顔面に残して、目を閉じていた。無念であろう、故国の土に立つこともなく、最後の自力を振り絞って抵抗をしたあの姿を、京子は思い出していた。隣家の人が、物音もなくあまりにも静かなので不審に思い、家に入って見ると老人はすでに死んでいたらしい。

その夜、京子は不安で一睡も出来なかった。

こんな時に成民が一緒に居てくれたらと思うと無性に逢いたくなって、数日前逢ったときのことばかりが脳裏から離れない。

もしも成民が帰還を断念したら、どうなるのだろうか。悪い事ばかりが頭の中で組み立てられていく。

7

帰還手続きの締め切りの日が近くなってきた。成民は毎日考え続けていた。考えるというより、悩み続けていた。

すでに気持ちの大半は帰還に傾いていることも事実だが、この土地に住んでいながら、現在の生活環境を変えることは到底不可能であり、また他の土地に移住しても、よくなる可能性はないであろうと思うと、それなら思い切って帰還の決心をすることも正当ではないかと考えていた。

近頃は、生まれ育ったこの国になんの愛着もなく、憎しみさえ覚えることがある。

成民が十六歳のとき、やっと入学した県立高校一年の春、地方検察庁から呼び出し状が届いた。

検察庁の建物は広島城の近くにあった。広島城の跡地には青い草が茂っていて、堀のなかは水もほとんど無くなっているが、湿地と思われる辺りには、蓮の葉が数本群れている。

城を取り巻く石崖には、原爆によって焼け爛れた跡が軽石状になって剝き出しになり、被爆の烈しさが伝わってくる。

検察庁の呼び出し時間に少し間があったので、建物から近い城跡を一回りしてみた。天守閣の跡に立って東の方角を見ると、低いバラックの屋根が連なり、その向こうに灰色の広島駅が見える。南の方角のデパートの周辺には幾つかのビルが建ち並んでいるが、周りの建物は低くて貧弱なものばかりだった。

木造の検察庁は、廊下を歩くと床板の軋む音がする。受付にハガキを渡すと番号札の掛かった事務所の前で待つように指示があり、その間十分程待つと、ドアが開いて小柄な男が手招きをして部屋に呼び入れた。

「そこに掛けて、名前と生年月日を言うてみろ」

「金成民、昭和十二年三月九日生まれ」

「です、が抜けとる。言葉遣いに気をつけろいいか。今日はなんでここに呼び出されたか分かっとるな、言うてみい」

「…………」

「聞こえんな、はっきりと言わんか」

男は高圧的で、罪人扱いをしている。

「酒を売ったから」

「酒を売ったのではない、密造酒を売り歩いたので、酒税法違反ということで出頭してきたのだろ。お前が密造酒を造ったのではないじゃろ。子供が酒の味なんか知らないだろうが……。誰が造ったのか教えて貰おうか」

「……………」

「お前は他人の酒を盗んだのではないだろう。誰かが造ってお前が運んでいた、そこを警察官に捕まった。そうだろ」

成民は多分こんな質問をしてくるだろうと覚悟はしていたが、真実を突かれると返答に困ってしまう。だが事実を喋る訳にはゆかないのだった。

「お前、家族は何人か」

「弟と、妹で四人、そしてお父さんとで六人家族です」

「母親はどうした」

「原爆で死にました」

成民は咄嗟に出てきた言葉に自分でも驚いた。相手から同情を得ようと計算した積もりはなかったが、肉親が原爆で死亡した事実は誰にも明かしたことはなかった。同情の言葉を嫌ったことよりも、母親の存在をもっと美しい思い出として、胸の内に残して置きたかったからかもしれない。

「原爆で死んだか。気の毒だがそれとこれとは違うぞ。お前は盗みと同罪ぞ。分かるか、学校に知らせんといかんな」

と言って正面に座っている男は言葉を切った。一瞬成民の顔面から血の気が引いてゆくのが分かった。

小柄で小太りした男は、眼球の大きさに合わせたような眼鏡を掛けて、禿げ上がった頭を右手で掻き上げるような仕草をしている。かつてはその辺りに茂っていた毛髪への名残か、掻き上げる癖だけが残されたのか、この深刻な場面で一人で楽しんでいるようにさえ思える。

「君はここへ来たのは何回目か」

「…………」

「聞こえんな。はっきりしてもらわんと困るな。君を相手に遊ぶ訳にはいかんのだ。初めてじゃないだろ」

「はい」

成民は小さな声で答えた。

「これで二回目じゃな。再犯じゃないか」

「すみません」

成民は考えていた。ここで涙を流すべきか、または椅子から降りて床に土下座をすべきか躊躇していた。

「戦争が終わってから、君たちは第三国人になったのだから、れっきとした自分の国がある人たちだろう。日本に寄留している外国人ではないか。よその国に迷惑をかけてはいけないよ。分かるか」

そうした難しいことは理解出来ないが、こうして生まれ育った所がよその国であったのかと、素朴な疑問は持っていた。

「朝鮮人として誇りを持って生きていきなさい。未成年者だから罰金も取れないし、二度とここに来るようなことをしてはいけないよ。今回までは学校に連絡はしないから、帰りなさい」

いつまで説教が続くのかと思っていたら案外早く終わったことに安堵した。頭をさげて帰ろうとして、机のうえに置いてあった名札を見た、「書記官　青山仙造」の文字が成民の記憶に残った。

検察庁を出ると、生暖かい風が顔に触れた。市内電車の騒音が足下から伝わってくる。いまだに地盤も安定していない街の風景がある。ブロックを積み上げた検察庁の正門の前を通り過ぎて、歩道を歩きながら先ほどの名前を思い出していた。

「ハゲヤマセンゾウ」と言葉に出して一人で笑ってしまった。

成民にも事情があった。これくらいのことで酒造りを中止する訳にはいかなかった。近頃では密造酒も価格が安くなり、売れなくなってきた。正規の酒が街に出回ってくると、密造酒は当然売れない。だが利益が少なくなったからといって、焼酎造りを中止することはできない。どぶろくから焼酎に蒸留した残りが、豚の餌になっているからだ。養豚にとっては代わりの餌がない限り、この仕事を中止することは不可能になっていた。

成民は検察庁から帰ったその日の夕方から、再び焼酎の仕込み作業に掛かっていた。自家製のボイラーは、簡単なタンクの上部にバルブを二カ所取り付けて、一方は蒸留タンクに蒸気を送り込み、もう一つのバルブからは、原料を蒸すための蒸気を取り出すために使っている。煉瓦を積み上げて側面と内側は赤土で固めて、竈《かまど》のような物を造るとその上にタンクを載せて、薪を燃やしていた。蒸気発生用のボイラー以外は古いドラム缶を改造して使っていた。

焼酎の製造装置は三基のタンクが並んでいる。ボイラー、蒸発タンク、冷却タンクの順に並び、最後の冷却タンクにあるコイル状の銅製パイプから、焼酎の原酒が出てくる仕組みになっている。中央の蒸発タンクにはどぶろく状の物を入れて密閉する。そこにボイラーからの蒸気が入ってくると、蒸気は冷却装置を通って気体が液体になる。液体になって出てきた焼酎の原液は、四斗樽に集められて消毒薬（過マンガン酸カリウム）を入れて、活性炭を投入し、一昼夜寝かせた後に真空濾過器によって濾過すると、無色透明な焼酎が出来上がる。その原酒に再度水を加えて、アルコール分二十パーセントに調整してまた活性炭を加えて濾過すると、焼酎が完成する。一升瓶を熱湯消毒して焼酎を詰め込み、簡易な機器で王冠を打ち込むと、商品が完成するのだ。

どぶろく状の原料は、米、麦、澱粉、甘藷が主な原料として使われて、季節によって原料を選択しなくてはならなかった。原料価格が高くなると採算割れになる。それでも酒造りの当初は米を主原料に使っていたが、他の穀物や澱粉を多く含んでいる原料による実験を常に重ねた結果、あらたな原料を見つけていた。

焼酎の味をまったく知らない成民は、上質の焼酎や、味が良いとされた焼酎を父親に試飲させて、成民がその味を覚え、そして記憶している味に近くなるように水分の調整や、濾過の過程を研究していた。無学の父は直接焼酎の仕上げには関与せず、もっぱら原料造りに努めていた。

検察庁から帰った成民は、竈に火を入れて、大麦の処理にとりかかっていた。四斗樽に大麦を入れて、糠が完全に無くなるまで洗い、水を切ってから蒸気のホースを樽に差し込んで、蒸してゆく。蒸された麦は筵《むしろ》の上に取り出して冷却した後、麦で造った麴と適量の水を加えて、イースト菌を混ぜて醱酵させる。気温や湿度によっては、四斗樽の周囲を筵で囲ったり、冬の寒気には暖房をして醱酵の促進を管理したりしていた。特に醱酵の過程を注意しないと酸化してしまうことがある。こうなると原料一式捨てなくてはならない。アルコール分が最高になる時が蒸留の時期だが、このタイミングを決断するには経験が必要になってくる。

常に醱酵している状態と、指を入れて嘗めながらアルコールの含有を調べていた。未醱酵の原料を蒸留すると、焼酎の量が極端に少なくなり、また醱酵過多の酸性化したものを蒸留すると全く焼酎が出てこなくなる。厳しい管理をして、完成した焼酎が出来るまでには一週間程度の時間が掛かっていた。

また、蒸留後の水分とアルコールの調合にも経験が必要になってくる。原酒に水道水を混ぜ合わせるだけでは製品にならない。水道水の持つ臭気や成分が全体の風味を損なうから、アルコールの適量を決めた後は別の樽に入れて一昼夜熟成をさせるのだが、その時、消毒薬と活性炭を混入させるのだ。

これらの方法も色々な試行錯誤を繰り返した結果として生まれたものだった。

焼酎の売れ行きが低下すると、新商品の開発に取りかかっていた。時代は急激に変化を始めている。庶民の味であった焼酎から日本古来の清酒の需要が始まってきた。

成民は父の友人を頼って、戦前、醸造関係の仕事をしていた田中という技術者を訪ねて行った。

田中は成民の訪問に驚いていた。

「きみは誰からこのことを知ったのか」

「噂で知りました」

「どんな噂か」

「焼酎から清酒が出来るという噂です」

田中は成民の顔をじっと見つめていたが、

「きみは焼酎を造ることが出来るのか」

「はい、今でも毎日造っています」

「それなら、今造っている焼酎の造り方を話してごらん」

成民は毎日造っている焼酎の造り方を順を追って話した。

大方話し終わると田中は、納得がいったのかまた訊いた。

「今の焼酎の造り方を誰から習ったのか」

「…………、はっきり分かりませんが、いつの間にか覚えました」

「造る過程で、活性炭を使う方法は誰から教えてもらったのか」

「…………、あれは僕の先輩がある日僕に話してくれました。濁った焼酎はもう時代おくれじゃ。かつ……かつだたんとかいう薬を混ぜて濾過したら、水のようにきれいな焼酎が出来るげな」

成民はこうしたきっかけで、焼け跡に残っていた化学機器の店に行って尋ねてみた。そのまえに薬屋を何軒か歩いて薬を探したことが、結果として化学機器店にたどり着くことになった。

化学機器店にすべてを話した結果、活性炭であることが判明し、また真空濾過装置の必要もその時に教えてもらった。

こうした一連の過程を聞いていた田中は、意を決したように話し始めた。

「よし、きみと組もう。そこまで完全に勉強したきみを尊敬するよ。きみの焼酎工場にわしが出かけよう」

こうして田中との出会いから合成酒が出来上がった。

清酒の持っている薄い色素は、醤油を着色するのに使っているカラメルを湯で溶いて、徐々に混ぜながら本物に似せていた。

甘味はブドウ糖を溶かして使い、アルコール分を十六パーセントに設定するために真水を加えて、何度も活性炭を使って濾過していくと、本物の清酒に見劣りのしない合成酒が出来上がった。

だが問題は味であった。田中の指導によってクエン酸を少量混入すると、それらしい味の酒が出来上がっていた。

成民は父親に味見をさせた。田中は出来上がった合成酒の味を利きながら意見をのべていた。

「外見は本物と変わらんが、味にくせがあるな。原料が問題よね、麦は所詮麦の味が残るね、米が最高だね」

後になって成民は田中のこの言葉が理解できた。だが将来この仕事を続けて行くのであれば心構えも違ったであろうが、他人の模倣と生活の術だけで真剣に取り組むつもりはなかった。

その日から父親の晩酌や友人達の宴会にはその合成酒が役目を果たしていた。

その後、もっともらしいラベルを作り、一升瓶に詰め込むと、専門家でなくては判別が出来ないほどの二級酒が出来上がっていた。

こうした毎日であったが成民は期末試験の時期になると、深夜、蒸留釜の前で薪を焚きながら勉強して、翌日の朝は定刻に通学していた。需要を満たすことばかりを考えていると、密造酒造りが罪悪だといった認識は薄れてくる。むしろ、産業の一環としか考えなくなっていた。

周辺の住民たちが、同じ目的を持って同じ作業を連日続けているなかでの、連帯意識がそうさせているのかもしれない。

月曜日の朝、食用に飼っている雄の鶏が鳴いていた。河原の土手の道には人の流れもまばらで、地区の全てがまだ目覚めていない。相変わらず餌を欲しがる豚の甲高い声が、あちこちから聞こえてくる。

突然川の上流の方から土手の道を数台のオート三輪がやってきた。その集団を最初に見つけた成民の父は、近所の人たちに教えて歩いた。黒い制服を着た警官が数十人オート三輪の荷台に分乗して、左の腕に税務署の腕章を付けた私服の男が数名混じっていた。一台目が地区の入り口に止まって人の出入りを監視している。他の車両は地区の中にそれぞれ分散して入り込み、特に蒸留装置のある小屋を重点的に取り調べ始めた。四斗樽に仕込まれたどぶろくは大型のハンマーで樽ごと打ち割られ、辺り一面にアルコールの臭いをまき散らしていた。そして蒸留装置は分解されて、オート三輪に積み込み持ち帰ってしまった。

警察官は所有者を確認しようとするが、誰も名乗りを上げない。こうした官憲の公務を妨害したり、または所有を名乗ると、現行犯として逮捕され連行されてしまう。地区の住民たちも心得たもので、彼らのなすがままにただ見守る他に手の施しようがない。

こうした嵐が年に数回やってくる。その予防策として、どぶろくを地区外で造っている者もいた。中には養豚場の中に仕切りを作って隠したりもしていた。

ただ一番困るのは、蒸留装置だった。新たに機器を作るには一月《ひとつき》も掛かるので、仕込んだどぶろくは捨ててしまう。

そうなると、地区内には焼酎が不足して、豚の餌に困ってくるのだった。

しかし、ただ、手をこまねいてはいなかった。近くの鉄工所に蒸留装置の予備を預けて置いて、税務署員が引き揚げて一時間もすると、赤土を練り、煉瓦を積み上げてボイラーの据え付け作業に取りかかる。その日の夕方には新しい全てのラインが完成していた。

だが、こうした一連の作業や密造酒造りも時代の流れに取り残されて売れなくなり、成民の父も数日前から失業対策事業の土木作業に出かけていた。日払いの仕事で、公園の整備作業に就いていていた。

8

成民の体調がここ数日は快調で、微熱もなくなり朝の目覚めも楽になって、思考も順調だった。この時を逃さず帰還の結論を出さなくてはならないと思っていた。気持ちの中ではほとんど帰還に考えが傾いているつもりだが、もう一つ思い切れない理由は何だろうかと、自問を続けている。

帰還に踏み切れば崔京子と結婚しなくてはならない。当然出発前には簡単な式も挙げることは出来ないが、成民の意思表示によってはそうなる可能性も生まれてくる。すべて成民の父の意に反抗した形で出発をすることは出来なかった。ならば京子との関係はこのまま進行する以外方法はないと思っていた。

昼を少し過ぎた頃地区に京子がやってきた。道端で成民と出会うと、いつもの態度とは変わっている。顔の色が青白く、睡眠不足のようなけだるい雰囲気だった。

「成民、今夜時間取れる」

「うん」

「私、帰還許可の通知が来たのよ」

「いよいよか」

「それで少し話がしたいの」

「うん」

成民も今日こそは帰還の決心をしなくてはならないと思っていた。

夕方になっていつものバス停で待っていると、約束の時間に少し遅れて京子がやってきた。

街の方向に向かうバスには乗客の姿もまばらで、道路工事のためにバスは揺れ続けていた。

いつもなら、バスに乗る前から一日の出来事を詳しく話して聞かせるのに、今日の京子は様子が少し違っていた。

「何かあったの」

「別に」

「病気ね」

「あなたと違うよ」

「…………」

取り付くしまがない。なにか理由があるに違いないと思いながら、成民も黙ってしまった。

コンクリート造りの橋を幾つか越えて、バスは電車の通っている幅の広い道に出た。

古い建物の幾つかを見ながら、やがては、道の幅が百メートルもある道路でバスを降りたが、終始無言の京子に対して、成民は気持ちが落ち着かなくなっていた。

舗道の楠は青い緑を付けていて、夕暮れの中で一段と濃い緑陰をつくっている。

広い道路を走っている車の数が少なくなって来たが、風は冷たく桜の開花も近いというのに公園は静まり返っていた。

若木の多い公園には照明が輝き、木々の間に虹のような光を描いている。

成民の前を歩いていた京子が立ち止まって振り向くなり、成民に向かって抱きついてきた。

顔を成民の胸に押しつけながら、

「私と一緒に帰って」

「…………」

「何も言わずに、一緒に帰還船に乗って」

「うん」

「ほんとう、今返事したね」

「うん」

「ほんとうに、一緒になってくれる」

「うん」

成民は自分でも驚くくらいはっきりと、返事をしていた。

京子は成民を抱きしめた手に力をこめて左右に振り回しながら、涙を流して彼の顔に自分の顔を押しつけて唇を合わせていた。

体力のない成民にとっては、躰を押しつけてくる京子の力に押されて倒れそうになった。

「うれしい、成民、今日はねあなたの返事がどうしても欲しかったのよ、どうしても私と一緒に行ってほしかったのよ」

京子に届いた帰還許可が引き金になったのかも知れないが、成民にとっては、いずれ早い時期にこうした決心をしなくてはならないだろうと考えていた。

気持ちが落ち着くと京子は先程とは喋り方が変わっていた。

「成民、私ね躰の調子がおかしいのよ」

「おかしいって、働き過ぎで疲れたの」

「違うの、月のものがないのよ」

「意味が分からんよ」

「出来たのよ、まだ分からんの」

「……妊娠か」

「多分ね、十日以上も生理が遅れているのよ」

成民は返事に困ってしまった。

「だから、今日こそは決心をして貰いたかったのよ」

「…………」

「あーあ、これで安心した。一緒に北に帰って子供が育てられるね。あなたの子供がね」

何だか狐に騙されたような気がしてならない成民だったが、今更決心を翻す訳にはいかない。誰のためでも、また誰のせいでもなく、こうなることが当然であろうと思った。

翌日からは京子が率先して成民の帰還手続きを進めた。

定員の締め切り間際を頼み込んで、京子は成民の帰還手続を完了してしまった。

日本赤十字社からの帰還許可通知書が届いてからは、朝鮮総連の接触が頻繁になってきた。会合の通知や、帰還後の注意事項の話し合いはすべて京子が処理をしていた。

別便で発送する荷物や、自分で持ち込める荷物が六十キロと制限されているために、身の回りの品物の限定をしなくてはならなかった。成民にしてみれば特別に持ち込む物もなく、寒冷地を想定して、古い冬の衣類や、鉛筆三ダース、ノート類一包みを梱包して持って行く事にした。書籍類は重量があるので、小型の日本語の辞書一冊と、英和、和英辞典の小型各一冊を持って行くことにした。

身の回りの品や洗面具はボストンバッグに詰め込んで持って行くことにした。

成民の父もすでに覚悟は出来ているようだった。少しでも金を持たせてやりたいと言いながら金策をしているようすだった。

「お前に再び会うことが出来ないかも知れないが、どこで暮らしていても忘れることはないぞ。とくにお前は躰を悪くしているからね、他国《よそ》の水が合わないということもある。充分躰に気を付けてくれ」

言葉の終わりは涙声になっている。

「あーあ、この民族は哀れなものよの。わしも若い頃親から離れて日本の地に来たが、またこうして自分の子と別れることになるとはな、なぜかね」

成民もつい貰い泣きをしてしまった。

「成民、お前は小さい頃から賢い子だったよ。それだけに期待もしておったが、気が変わったらいつでも帰還を取り止めて帰っておいで、今の時代は少し目を瞑って、耐えることも大切なことではないのか。お前が帰還を取り止めることは恥ではないよ」

父の言うことも一理あると、成民は思った。

「まあ、悪い事ばかり考えることもあるまい。金日成の勉強もしてみるのもよかろう」

揺れ動く父親の気持ちが成民の胸にしみ込んでくる。

出発の前夜、父は成民に二万円の金を渡した。駅まで見送るのも、ここで別れるのも変わりはないと言いながら成民の頭を撫でていた。

「人形のように丸く太ったお前が、初めて立ち上がったときのことを思い出すよ。笑い顔が可愛いのでみんなに見せて歩いたもんだ」

この時すでに、二度と会うことはないであろうと父は思っていたに違いない。

この日の深夜、崔京子が訪ねてきた。夕方から成民の送別会だと言って友人たちが近くの飲み屋に集まってきた。一騒動済んだところで、成民は体調のために中座して帰ってきたら、家の前に京子が立っていた。

「この忙しい時にどうしたんだ」

「私はもう準備を済ませたの」

「お母さんはどうした」

「近所の人たちとまだお別れの会をしているのよ。弟もまだ帰ってないの」

「それはひとりで淋しいね」

「ねえ、成民、本当に一緒に帰還船に乗るの、一緒に行くんでしょう」

「…………」

「また黙ってしまう。はっきり言ってちょうだい」

「今更なにを言うんだ、明日が出発じゃないか、京子おかしいぞ」

「そうよ、おかしいのよ」

「………」

「あんなに考えていた貴方が、反対をしていたお父さんを説得したのは、もしかして、私が妊娠したのが帰国の原因なの」

成民は京子の言葉ではっと思った。京子の言う通りかも知れない。事実を疑うこともしないで、京子の妊娠を信じている自分が幼いと思った。責任をどう取るかということではなく、一日も早く堕胎手術をすればよいことではないのか。

また、すべての問題を解決した後に、別の日を選んで帰還船に乗ればいいのではなかろうか、と思ったりもした。

「それもあるけど」

「やはりそうなの、私が悪い女なの」

京子は道端で成民に抱きついてきた。

成民は酒の余勢をかって、いつもの態度とは違って、京子を思いっきり抱きしめてやった。そのまま二人は太田川の堤防の草むらに転げ込んだ。

狂ったように躰を押し付けてくる京子に、成民はありったけの体力で応じていた。

まだ冷たい外気と、はっきりしない月が辺りを包んでいる。

成民の胸に顔を乗せている京子は、呼吸も荒く、溜まったものを一気に放出したような気持ちになっていた。

「どうしても成民とは離れられない」

「………」

「明日からはね、しばらく離れていなくてはならないもの、次はいつになったらこうして一緒に過ごせるか分からないものね」

「うん」

成民はそれとなく、京子の下腹辺りを触ってみた。

「まだ分からないわよ、触って分かるには三カ月掛かるのよ」

成民はこのまま夜が明けなければ、どんなに楽であろうかと思った。

出発の日、午前十時に広島駅の構内に集合することになっていた。見送りは極力少なくして、別れの挨拶は前日までに済ませるようにと申し送りがされていた。

その日の朝、駅の構内では乗車する車両ごとに帰還者たちが並び、員数の確認を、赤十字社の職員たちが名簿を見ながら行っていた。暫くすると確認の出来た車両の列から乗車が始まった。

崔京子は成民の組より先に改札口を入って行き、成民を目で捜していたが見つけることが出来なかった。京子の班は地下道を通って八番線のプラットホームに出てきた。後ろを振り向きながら成民を捜すのだが、見当たらないので京子の胸に不安がよぎった。昨夜の言葉を思い出しながら、必ず来る、と自分を激励するが、躰から力が抜けて行きそうになってくる。

列車の窓から地下道を上ってくる乗客の列を目で追っていると、成民の細い体型が目に入ってきた。途端に京子の顔色が明るくなり安心したようだった。

神様、これで私は希望に向かって生きて行けます。京子は無意識のうちに手を合わせて神に祈っていた。

9

列車が広島を発車して一時間近くが過ぎると、乗客たちは互いに遠慮が無くなり、それぞれの個人的な話題やこの日に至るまでの苦労話に花が咲いていたが、成民にしてみれば、そうした話題より何かしらいまだに胸の底に不安がつきまとっている。

広島駅の構内に並んでいる帰還者たちを見つめていると、大半は年配者たちで占められていて、若い働き盛りの者は数える程しかいなかった。明るい話題や雰囲気もなく、一様に無言で大きな荷物を持って列を作っていた。そうした集団が列車に乗り込んでも、何ら変わることもなく同じ空気が漂っていた。

途中で停車した駅では、列車の窓から見える工場の煙突から白煙がたちのぼり、海から吹いてくる風で煙の流れる方向が変化しているのが分かる。三本並んだ煙突の煙はいつも同じ流れをしている。

成民が工場の方向に気を取られていると、発車を告げるベルの音が鳴り始めた。プラットホームに出ていた少年たちが奇声をあげて、列車に飛び乗ってきた。

機関車から蒸気を吐き出す音と共に、汽笛を一声鳴らして列車が動き始めた。
駅の構内を過ぎたと思ったら、右側の方向に海が見えてきた。島が幾つか並んでいて、漁船の列が白い波しぶきを立てている。

大きな島がせり寄って来て、陸との海峡が見えたと思ったら、列車は福山駅を通過して次は岡山の駅で停車することになっていた。岡山駅から数組の乗客があることは、広島の駅構内で駅員たちの話を耳にしていたから、成民は知っていた。

列車が福山の駅を通過すると、成民はなぜだか胸騒ぎがしてきた。県境を越えることが自分の歴史の区切りを付けているのではないかと思えてくるからだ。汽車が県境の鉄橋を渡り始めると、全身から脂汗が流れ始めた。どうしたのだ。体調が悪化して微熱が出たのではないかと思い、車両の乗降口に立って風に当たっていた。

突然、成民の脳裏を掠めるものがある。列車から降りるのは、これが最後のチャンスではないだろうか、と思った。乗降口には監視らしき者もいない、降りるなら次の停車駅を選ぶべきだ、と自分で決心しようとしていた。

成民が元の座席に戻ると、隣の座席にいた叔父が声を掛けてきた。「おまえ、汗がひどいが、躰の具合が悪いのじゃないか」

「…………」

「顔色が悪いぞ、医務班に連絡しようか」

成民は叔父の顔を見つめて、

「叔父さん、俺ここで降りるよ」

「そうか、そうだろうと思っていたよ、お前の好きにしてくれ。躰のことが第一だものな。岡山で降りろ、後のことはわしがなんとかするから」

「お願いします」

他人には聞き取れないような小さな声で、成民と叔父は別れの挨拶をした。

しばらくして、帰還特別列車は岡山の駅のホームに着いた。

列車が停車すると、この駅での乗客五名程とその見送り人たちは最後列に向かって走り、車内の人やプラットホームに立っている人たちは一様に列車の後部に関心を向けていた。

成民は自分の座席の窓を開けて、窓辺の座席にボストンバッグを置き、隣の座席の叔父を見つめた。叔父はバッグの位置を確かめると、成民に向かって頷いた。

成民はそ知らぬ振りをして、列車内の通路を通って列車の外に出た。

プラットホームに立つと、久し振りに地上に立ったような気がして、一刻も早くこの場から離れたい衝動に駆られた。

だが再び列車のタラップを踏んで車内に入ろうとしていた。

無意識の内に自分の席に戻ろうとしていた自分に気が付き、プラットホームに降りた。この機会を逃せば脱出は出来ないであろうと思うと、京子の声が聞こえてきた。

冷静を装いながら顔を上げて列車の前列を窺ったが、だれも成民の行動に関心を示していない。車両の下から蒸気が噴き出している光景が自分を隠しているように思えた。

後部車両の乗客や見送り人たちの声援にすべてが混乱しているようで、成民の周囲は静かになっていた。

成民は自分の乗っていた車両の中央部の座席近くまで歩いてくると、先程開けておいた窓辺には叔父が座っていた。叔父の目には涙が浮かび他人には聞き取れないような声で、

「躰に気を付けて、お父さんのこと、頼むぞ」

と言いながら素早く成民のバッグを窓から手渡した。

成民はバッグを受け取ると、ゆっくり歩いて地下道に向かって行き、地下道に入ると一目散に走り抜けて、出口の方向ではなく改札口の方向に走って行った。人の群れが改札口に並んでいるところに割り込み、

「すみません、忘れ物をしました」

咄嗟に出た言葉を吐きながら、駅の構内を駆け抜けて行った。

周囲から声が掛かったような気がしたが、成民は何も聞き取ることは出来ない。駅前の雑

踏を駆け抜けて、駅の右手にある商店街の中を走り抜けて行った。

ごみごみした商店街を離れると物陰に隠れて呼吸を整え、そして近くの喫茶店に飛び込んだ。

席に着いても周囲を気にかけながら、もしや追手がいるのではないかと落ち着かない。しばらく喫茶店で休んでいたが、明るい町の中を歩くには勇気が必要だった。

喫茶店の店員に映画館の場所を尋ねて、日が暮れるまで映画を観ていた。

映画の内容には関心もなく、常に周囲を気にしていたがいつの間にか眠ってしまった。ここ数日の心労が一気に出てきたのか、または睡眠不足が祟ったのか辺り構わず眠ってしまった。映画の中の激しい音楽と車の騒音で目が覚めると、周囲には客の姿も少なくなっていて、映画のストーリーも終盤にさしかかっているようだった。

暗闇の中で周りを見渡したが、自分を追ってきたそれらしい人物も見当たらないので安心した。

映画館を出てみると辺りの商店街は明かりが灯って、日も暮れていた。

立ち並んでいる商店街を目的もなく早足で歩いていると、古着屋と質屋を兼ねた店の前を通り過ぎようとしていた。

成民は立ち止まって薄暗い店の中を覗いてみたが、人の気配もなく電気製品が幾つか並び、その奥に古着が沢山ぶら下がっている。ふと気がついて、服装を変えようと思った。硝子の引き戸を開けて店に入ると、夕食の匂いが鼻をついてくる。店の中ほどまで入ると、この店の主人らしい年配の男が鼻の上にメガネを載せて、上目使いで成民を見ながら奥の部屋から出てきた。互いに一言も喋らないで、それぞれを観察している。

「洋服はありますか」

「そこにあるだけよ」

成民は相手の目を見ないで話しかけた。

「私の寸法に合うのがありますか」

主人はのっそりと立ち上がり、洋服類を掛けてある中から背広の上下を取り出してきた。灰色の生地に黒い縦縞の入った背広をショーウインドーの上において、ズボンを取り出しながら、

「一回着てみなさい。寸法は合うと思うんだが、上着よりズボンが問題よ」

やっと商売気が出てきたようだった。

成民は気分転換も兼ねて、また僅かだが変装の積もりでもあった。黴臭い洋服を着てみると、急に大人になったような気がしてきた。ズボンの胴回りが少し大きいが、我慢出来ない寸法ではなかった。店の主人は成民に背広を渡したきり感想も喋ろうとはしないで、外に視

線を向けたまま動こうとしない。

「上着の袖が少し短いかな」

店の主人にそれとなく話を持ちかけると、

「値段が安いもんな」

価格から考えると少々のことは辛抱しろ、ということかもしれないと思い、どうせ売れない商品ではないかと、成民も内心思いつつ店の主人に話しかけた。

「この辺りに郵便局がありますか」

いままで着ていた衣服とバッグの荷物を自宅に返送するつもりだが、当然数日内には失踪したことも通報が届くはずだから、父親に健在であることも知らせておきたいと思っていた。

店主の言葉に愛想が出てきた。

「あるけど、もう閉まっているよ」

「こまったな、着替えた服を送りたいのだけど」

「それなら明日でよいなら代わりに送ってあげようか」

「お願いします」

成民は手荷物を軽くしたい一心で、荷造りをして、宛名を書き、別途に送料を渡して頼むことにした。

洋服を替えて夜の商店街を歩いていると、別人になったような錯覚を覚える。

国道沿いのバス停まで来るとあまり周囲が気にならなくなっていた。停留所の時間表を確認すると、通勤の時間帯を過ぎたのかバスの便も少なくなり、上りに乗るのか下りに乗るのか迷っていると、バスが目前に止まった。

十九時発尾道行きの急行バスに乗り込んだ。勤め帰りの乗客が椅子の半分ほどを占めているが、誰も成民に関心を示していない。

バスの中ほどに腰掛けて、暗くなっていく外の景色を眺めていた。バスは市内の雑踏を緩やかに通り過ぎて街を外れて行くと、速度を上げて西の方向に走って行く。左手に海岸線が拡がり、まだ灯ったばかりの街灯が、小さな漁港の海の上を照らしている。波に合わせてリズミカルに揺れる街灯が、今日一日を終えたことを教えてくれるが、その光景が家庭での団欒を思い出させる。単調なバスの旅だが、苦悩の連続だった数時間前までのことを思い出さないのは何故だろうかと考えてみた。今更この事実を覆すことの出来ない現実のなかで、将来に向かって進むより道はないと、自分に言い聞かせていた。

映画館での眠り、そして衣服を替えたことによるかつての自分との別離、苦痛から飛び出したすがすがしいものが躰の内部に生まれようとしていた。

成民は帰還案内の印刷物を読み返していた。

《意思の変更》

一、もし申請をした後で、意思を変更し、日本にとどまりたい場合は、そうすることができます。そのためには本人自身が日赤の窓口に出頭し、所要の手続きを踏まなければなりません。ただし、なぜ意思の変更をしたかという理由を述べる必要はありません。

（以下省略）

四、若し脅迫を受け意思の変更ができない場合には、警察に届ければ、警察は必要な処置をとってくれることになっています。

六、意思の変更は日赤窓口センターに申請してから新潟赤十字センターから船に向かって出発するまでの間、いつでもできます。

（以下省略）―原文通り―

皺だらけになった帰還案内に赤い線を引いて、自分の考えが間違っているかどうかと、常に思い続けながら少し眠っていた。

バスが大きく右に曲がった揺れで、成民は目を覚ました。広場の周りの商店街は店を閉めているが、最終バスの到着を待って閉める店もあちこちにある。

終点の国鉄尾道駅前でバスを降りた。つい数時間前には高台にある駅を成民たちの乗った帰還列車は通過したのだが、まさか、こうして駅前を歩いていようとは考えてもみなかった。尾道駅から海岸に向かって歩いて行くと国道に出る、その国道を横切って渡り細い道を通り過ぎると、岸壁に突きあたった。

突然潮の香りが鼻を突いてきて、真っ暗で墨を流したような海面を見ていると、近くから漁船のエンジンの音が聞こえてきた。

深夜の漁に出て行く船だろうと思いながら、岸壁に沿って右に向かって歩いて行くと、桟橋が見えてきた。

二本の電柱が視界の中で鮮明になってくると、電柱の明かりが闇の海を払いのけていて、そこに、四国航路の客船が係留されているのが見えてきた。

成民の中に巣くっていた不安が少し消えていったような、気持ちになってきた。

桟橋に近寄ってみると、係留されている客船の先のほうに赤いちょうちんが並んでいるのが見えてきた。

暗い波の中で破れては、また繋がって、そしてまた破れているように見える、ちょうちんの灯が数えきれないほど並んでいる。

ちょうちんの下がっている店先には女たちが並び、道を行く男たちに声をかけている。成民はこのような女たちを初めて見たわけではなく、友人たちと冷やかした経験もある。

こうした飲み屋街を通り過ぎると小さな旅館が海を背にして並んでいる。成民は旅館街の中ほどにある旅館に入っていった。案内に出た老婆は今日最初の客であったのか、成民を二階の海に沿った部屋に案内してくれた。

「お客さん一人ですか」

「そうです」

「あした一番の船ですか」

「はい」

一番の船が何時の出航なのかまたどこに行く船なのか成民は知らないで、ただ相手の言葉に合わせて返事をしただけだった。

明日の計画はゆっくり考えようと思いながら、仲居が運んできたビールを受け取って扉の錠を掛けた。

10

硝子窓の内側に障子がある。波の音が一定のリズムで部屋の中まで聞こえてくる。夜明けまでには時間があるらしく、闇が一枚の板になって、海側の窓一面にはめ込まれているようだ。

小型のディーゼル・エンジンの軽い音が暗闇の右側から左側の枠に向かって消えて行き、その後を追いかけるように赤いランプが走って行く。

桟橋に近い安宿はこの程度のものであろうと覚悟はしていたが、それにしてもぐっすりと眠るには、所構わず眠ることが出来る慣れという技術が必要ではないかと思った。

ゆうべ遅くこの宿の硝子戸をくぐったのだが、一本のビールでは眠りに就くことは出来なかった。きのうの出来事を考えると、簡単に眠ることは出来ないだろうと思って飲めないビールを飲んでみたものの、考え事より波の音と船の音で安眠を妨げられようとは思ってもみなかった。

成民は眠ろうと思い、冴えている脳裏を他の事に集中させようとしてみたが、どうしても前日の出来事が浮かんでくる。

浅い眠りのなかで夢を見ていたのか目が覚めた。明け方六時の時報が階下から聞こえてくると、階段を上ってくる足音がする。しばらくするとドアを叩いて、昨夜案内に出てきた老婆が今治《いまばり》行き一番が出航するから急ぐようにと、ドアの外から声を掛けてきた。

成民は疲れて起き上がることが出来ないので、部屋の中から次の便にするからと返事をすると、老婆のゆっくりとした足音が階段を下りて行った。

それからしばらく眠ってしまったのか再び目が覚めると、港の喧噪が窓の下辺りから聞こえてくる。時間の経過とともに漁船の往来が頻繁になり、対岸の魚市場の騒音が響いてくると、成民は気持ちがはっきりとしてきた。

一番船の出航には乗れなかったが、次の便を尋ねて桟橋に立ち、十時発の耕三寺《こうさんじ》経由今治行きに乗ることに決めたのだ。

桟橋から港の朝の景色を眺めていると、旅館での騒音が嘘のように思えてくる。

海水は澄み切って桟橋に寄ってくる小魚が群れをなしている。

陽は高くなりいつの間にか桟橋に乗客が集まっていた。学生や家族連れが多いところを見ると、ほとんどが耕三寺参拝の客のようだった。桟橋に係留されている木造船の手摺に、行く先を表示した白い板が無造作に取り付けられてあり、黒い字で、尾道↓耕三寺↓今治と書かれていた。

二百トンほどの木造船の船底には一般客の席があり、上甲板の後ろの席が一等席、同じ甲板の前側が二等席になっていた。

成民は割増し料金を払って、二等席に入った。畳を敷いた席には丸い焼き物の火鉢が数個置かれてあって、火鉢の底の部分には木製の囲いがしてあり、船が揺れても火鉢が移動しないように固定してある。この船室の客は成民一人で、その他の乗客は船底の普通席の方に下りて行った。

船はディーゼル・エンジンの音を最大限にして、外港へと桟橋を離れて行った。

船が防波堤の横を通り過ぎると、外海は波が高く、船の揺れが激しくなってきた。早速、固定された火鉢にしがみついて辺りを見回したが、さほど波が高い訳でもない。船尾をみると、この木造船より一回りも大きいタンカーが通り過ぎたところだった。タンカーの波が鎮まると揺れの少ない船の旅が始まった。

規則正しい船のエンジンの音を聞きながら畳の部屋に寝転んで週刊誌を拡げていた。

船室の天井にぶら下がっている電球が小刻みに揺れているのが気がかりでならない。

一時間近く同じ景色のなかで寝転んでいると、船のエンジンの音が少し静かになり、船底の客たちが甲板に上り始めると、船の速度が急に落ちて、船は桟橋に接岸を始めた。成民を残して大半の客は降りてしまったが、耕三寺からの乗客は三人だけで、みんな船底に下りてしまった。

船室の窓から見える水平線が灰色になり、小さな島が右から左へと移動しているように見えてくる。同じ姿をした島が横一列に並び先頭の島が他の島たちを引いているようだ。灰色の島に接近すると、それぞれの色を誇示しているように目前に迫ってくるが、ほとんどが海面に突き出した松の色や形に視線が移ってゆく。

単調な風景と船の音、時々船腹を叩く波の音の世界の中で数時間が過ぎて行った。

船の旅も終わりに近くなると、西の海面に赤い夕日が沈みかけていた。船室の窓から陽が入り、畳の青いぐさの色が縞の模様をはっきりと映し出している。

小さな島の間を幾つも通り過ぎて、港へ帰る漁船とすれ違いながら、四国の今治港へと船は入っていった。船を下りて桟橋を歩く頃には辺りも薄暗く、街灯には虫が集まっている。もうこんな季節になったのか、と思いながら待合室の壁に大きく貼り付けてある地図を成民は眺めていた。

瀬戸内海を横断してきた感慨も特別になく、一時も早く誰も知らない所に逃げて行くことだけに神経を集中してきたのだったが、これからの行動も具体的に考えている訳ではない。地図の上を辿って行くと、何故か別府の街に思いが届くのだった。

待合室の時刻表には別府行きの船は松山港を深夜一時の出航になっていた。

成民は今治の町を歩きながら国鉄の駅を探していた。空腹も特には感じないが、船の揺れが影響を及ぼしたのか吐き気と頭痛がしてきた。

今夜辺り微熱が出るのではないかと体調がすこし不安になってきたが、躰に疲れが溜まるとそんな夜は決まって微熱に悩ませられることがある。だがここ数日は神経を集中していたせいか、いたって体調も良く躰も順調に働いていた。

自動車の多い国道を歩きながら、消えかかった街灯に近寄って行き、左手を見ると今治の駅があった。

駅前の商店街には街灯の明かりが並び、広場にはタクシーが数台止まっている。

乗車券を買うために発売窓口を覗くと、食事中の職員が横目で見つめながら用件を聞いていた。

「松山港までください」

食べかけの食器を机に置いて、

「松山港という駅はありません、三津浜で降りてください」

駅員の返答を聞いて、再び構内に貼り付けてある地図を眺めながら確認をしてみた。

しばらく駅構内の貼紙を見ながら時間を潰していると、突然静かな構内に驚くばかりのスピーカーの声が響いてきた。松山行き普通列車の到着案内がくどくどと流れてきて、九州行きの連絡や、宇和島方面の乗り換えを喋っているが、終点の松山駅で知らせても遅くはないのに、なぜ今治駅で二時間も先の乗り換えを教えなくてはならないのか、分からない。

陸橋を渡りホームに降りても他に乗客の姿はなく、成民一人が乗客のようだった。人が多いのも困るけど、こうして閑散としているのも何故だか淋しくなってくる。

列車の中には乗客の姿もまばらで、四人掛けの椅子に一人で掛けている乗客がほとんどだった。車内の明かりは薄暗く、本を開くにも暗くてその気になれない。周辺の様子に気を取られながら、ふと視線が合った、数列先の椅子に座っている中年の男が、成民の様子を窺っているようだった。

成民はできるだけ目を合わせないようにして、眠った振りをしながらその男を観察していた。

バーバリー・コートの襟を立てて、薄い茶色のめがねを掛けたその男は、執拗に成民を見ている。席の位置を変えてみたが、今度は成民の方が気になって、時々振り返ってはその男を見ていた。

こうした時間のなかでも、汽車は幾つもの駅に停車しては、また発車して、伊予北条の駅に着いた。ホームから駅弁売りの声が聞こえてくる。成民は網棚のバッグを確認して列車内の便所に向かって歩いて行った。特に尿意を催して便所に行きたくて行くのではなく、先程からの男の前を通って見たくなって立ち上がった。列車は時間調整のためにしばらく止まっていた。成民がその男の席に近寄って行くと、男は視線も変えず、成民を見つめている。成民は動悸が激しくなり、背中に汗が流れてくる。男の前を通りすぎて化粧室に入ったが、その男が成民を追ってくる気配はない。安心といくらか別の不安が胸の底に残っている。

成民は便所から出てきてふたたびその男の前を通り過ぎようとすると、その男の向かいの席に別の若い男が座り二人で話をしている。親しい間柄であろうか笑い声が聞こえる。

成民が男の横を通り抜けようとしたとき、男は成民を見上げて笑った。一瞬成民は腹が立ってきたが、笑いながら成民を見上げた男の顔が滑稽でならない。

前歯が数本欠けていて、眼鏡を取ったら、見るからに貧相な笑い顔がそこにあった。

自分の席に戻って再びその男を見つめていると、先程までの恐怖心は消えて、なんともだらしのない男に見えてならなかった。

さっきまでは成民を追ってきた男ではないかと勝手に思い込み、被害者としての意識が脳裏を埋め尽くしていたが、この男を見た途端に馬鹿らしくなった反面、安堵していた。

列車は三津浜駅に着いた。人気《ひとけ》のない小さな駅だが、貨物列車の引き込み線には貨車が数え切れないほど並んでいる。

白く塗られた冷蔵車両が大半で、鮮魚運搬用なのかも知れない。

静かで人が全くいない駅前に、立て看板がある。

三津浜港五百メートル高浜港六キロ（九州方面）

成民は駅に戻って尋ねてみた。

「別府行きの船は高浜港ですか」

「そうやな」

「港までどうして行けばいいですか」

「その先に伊予鉄があるけん」

明瞭な回答ではあったが、方向も分からないままにまた、自動車の通る道に沿って歩いてみた。港の方に向かって歩いて行くと踏切があり、その横がすぐ私鉄の駅になっていた。

別府行きの船の時間までには五時間近くもあり、港の待合所に行ったところで殺風景ではないかと思い、伊予鉄道に乗って松山市内まで行くことにした。

二両編成の電車の車両は古ぼけているが、室内の電灯は明るく、先程まで乗っていた国鉄とは比較にならないが、欠点と言えば電車の横揺れが激しくて、車内に貼り付けてある広告も満足に読み取ることが出来ない。

電車が大きく曲がりながら揺れると、このまま転倒するのではないかと思い、つい両手で椅子を握り締めていた。

軽快とまではいかないが気持ちの良いスピードで電車は走っていた。右手の窓から見える漁火が、電車の走る方向へと次第に増えて行き、それは島の影が消えて、海面が見通せる海岸線が続いているのではないかと思った。

黒い屋根が集まり、点々と明かりが灯っているのが見えてくると、電車は速度を落として、急に止まる。

停車のショックで乗客は一様に体勢を崩しながらお互いの顔を見合わせていた。

電車は松山市駅に着いた。終点を知らせるスピーカーの声に従って駅の外に出てみると、そこには大きな町の光景が拡がっていた。

駅前の広場の東側にはアーケードがあり、その通りにはきれいな商店が直線になって並んでいる。広場の中心部の道路を隔てた所に小さなお堂があり、ローソクの明かりや線香の煙がたちのぼり、老人の参拝する姿があった。お堂の隣にある骨董品屋の横の路地を入って行くと、小さな喫茶店の明かりが見えた。

成民は街の目まぐるしい動きに気が動転したのか、頭痛がしてきたので躊躇することなく喫茶店に入っていった。

四人掛けの椅子とテーブルが三組ほどの狭い店内だが、軽快なシャンソンが流れて、これが話に聞いていた松山か、と感心していた。

シャンソンの曲が続いてかかり、今売り出し中の岸洋子の声が流れてくると、壁に頭をもたれて目を閉じて聞き惚れていた。

時間が過ぎてふと目を開けると、知らない間に眠っていたのかコーヒーも冷めて、店の者が怪訝そうな顔を成民に向けている。

「すみません」

「いいえ、おつかれのようですね」

「…………」

店員との会話もそこそこに店を出ていったが、若い女の姿を近くで見たせいか、店から道路に出た途端に、崔京子のことを思い出していた。

昨日一日の出来事を故意に思い出すまいとした訳ではないが、何故か今日は京子のことを思い出さなかった。

今頃は新潟に着いたのではないだろうか。多分、なりふり構わず私を探しているのではないだろうか、と思うと、つい立ち止まってしまうのだ。だが成民は後悔はしていなかった。

成民はふたたび伊予鉄道に乗って、松山観光港に向かっていた。

終点では降りる客もまばらで、海からの風が心地よい。改札口のゲートを出て最初に目に入ったのは、岬の先端で点滅している灯台の明かりだった。

手を伸ばせば届きそうなその明かりは、月もない暗闇の中で、自分が進もうとしている進路を暗示しているようでもある。

背を丸くした動物のような島が幾つか座っていて、その島たちの間に漁火が微かに揺れている。目的もない明かりが点々と転がっているようだ。

待合室のベンチに寝転んでいると、岡山の駅で別れた叔父の顔が浮かんでくる。

四角い汽車の窓から成民に話しかけた光景が、そのままキャンバスとなって壁に掛けられているようだった。想像のなかでは、静止している乗客たちの姿の絵が、列車のすべての窓にあった。

通報を受け取った父は今頃心配をしているだろうか、それとも帰還を中止したことで安堵をしているのだろうか、成民はできるだけ父の気持ちを理解しようと思っていた。

栈橋から吹きつけてくる風を冷たく感じてくると、待合室の時計が十二時を打った。

別府行きの客船が入港するまでには、まだしばらく時間がある。

再びこの港に来ることはないだろうと思いながら、成民は海を見ながら感傷に耽っていた。

重いエンジンの音が、右手の島影から聞こえて来たかと思うと、いきなり明かりの集団が目の前に現れて、巨大な船体が栈橋に近寄って来た。

桟橋に繋がれた船体からタラップが降ろされて、船員と一緒に数人の乗客が下りてきた。煙突から白い煙を噴き出し、得体の知れない多くの機械の音が周囲を包んでいる。成民は船内の階段を下りて、船底の二等船室に入っていった。板で仕切られた囲いが幾つもあり、乗客もまばらで、それぞれが毛布を頭から被って寝込んでいる。

船室の壁に沿った仕切り板の側に席を決めた成民は、隣の席には乗客がいないことを確かめて毛布を被った。船着き場の待合室での寒さとは違い、暖かい船内で両足を伸ばし、そして両手を伸ばして躰の屈伸をすると、改めて眠気が襲って来た。リズミカルなエンジンの音だけが聞こえて、客室での人の気配は全く気にならない。

成民は松山で買った文学雑誌を顔に載せて、いつのまにか眠っていた。

どれほど眠ったのか、成民は隣に人の気配を感じて目を覚ました。顔に載せていた雑誌を除けて、隣の仕切りの側を見ると女が成民を見つめている。咄嗟に成民は飛び起きてその女をしばらく見つめていた。

「京子……」

女はしばらく成民には一言も喋らずに、怪訝そうに見つめている。

「あ、すみません、間違えました」

「…………」

成民は崔京子の姿をその女に被せている自分に気がついた。

船が松山港を出て間もなく、暖かい客室の雰囲気に躰のすべてが緩んだのか、成民は眠って夢を見ていた。崔京子との結婚式の場面で邪魔ものが出てきて妨害をする葛藤の場だった。逃げる成民を京子を交えた一団が追いかけて来るが、それらを振り切って走って行く苦悩を成民は夢のなかで味わっていた。

目を覚ましてしばらくは現実との区別が付かず、戸惑っていた。

「何か恐い夢でも見てたんですか」

「はい……」

「先程からうなされていましたよ」

「そうですか」

成民は相手をちらっと見て照れ笑いをした。

「もうおやすみにはなれないでしょう」

「はい」

「よほど恐い夢を見てたんですね」

成民にとっては後味の悪い夢と、現実との区別が付かないで朦朧としている。

「私も眠れなくてデッキに立っていたものですから、躰が冷えちゃってね」

「外は寒いですか」

「風を受けると寒いですね」

「じゃあ、私もちょっと外で頭を冷やして来ます」

船内の階段を上って一階のデッキに出てみると、真っ暗な海面に漁火はなくなり、遠くの街の明かりが微かに見えている。冷たい風に当たると心地よく、寒さから身を守ろうとすることに気を取られていると、先程の複雑な夢は忘れてしまった。

「気持ちがいいでしょう」

いつのまに近寄ってきたのか先程の女が隣に立っていた。

「ああ、あの真っ暗な海に飛び込んでしまいたい」

「…………」

「誰にも知らせずに、明日になったら魚たちの餌になっているなんて、素敵じゃない」

成民は女の言葉に気味が悪くなったが、この場を離れることが出来なかった。

女は首に巻いているスカーフを何度も巻き直しながら、遠くの海面を見つめている。

初対面の者に対して、海に飛び込むとか、魚に食われることが嬉しいとか、この女に対して恐怖を感じるより、興味を覚えてきた。成民と同じように悩みがあるのかも知れないと思った。身長は女性にしては高いほうで、スタイルもよく、肩まである髪が若い印象を与えているが、見かけより年は多いのではないかと思った。

都会的な雰囲気を持った女で、喋ることもはっきりとして、厚い化粧からして近在の者ではないことは一目で分かる。

「寒くないですか」

「はい、寒いです」

「船室に入りましょうか」

女は旧知の間柄のような口振りで話かけてくる。

再び、暖かい船室に戻ると生き返ったようになった。客室の中を仕切っている板を境にして二人は向かいあった形で座っていた。

「どちらまで旅行ですか」

「はい、阿蘇山まで行こうと思ってますが」

「はっきりとした目的はないのですか」

「はい」

成民は自分の心にあるがままを話した。

「私と同じですね」

女は意外な返事を返してきた。

「お姉さんも阿蘇山ですか」

「え、お姉さん、あはは、久しぶりに聞く言葉ね、確かにお姉さんには違いないけど、いきなりそう呼ばれると戸惑っちゃうね」

女は大きな声でまた笑い出した。

成民にしてみれば、そう呼ぶことが最大の敬語の積もりでもあったのだが。

「私ね、弘子と呼んで、なんだか旅の道づれになりそうだから……。あなたは、なんとお呼びすればよいのかしら、学生さんではないでしょ」

「学生ではありません、重《しげ》です」

「そう、お互い呼び名だけにしときましょうね」

弘子という女は年上という気安さからか、気軽に話をしてくる。

時計はすでに深夜を過ぎているが、乗客の少ない客室には、成民とこの弘子という女性の二人だけが起き上がって話をしている。

船のエンジンの音だけが相変わらず続いているが、時々船が前後に揺れると船腹に当たる波の音が船内まで響いてくる。

弘子はタバコを取り出して成民に勧めるが、あまりタバコを吸わないと言って断った。

「マッチ持ってる」

成民はポケットからマッチを取り出して弘子に渡した。弘子はタバコに火を付けて、マッチをしばらく見つめていたが、

「料理旅館〝ふじ〟、尾道港歓楽街、昨夜はここに泊まったの」

「はい」

「港町の歓楽街と言うと、例の町」

「例と言うと、どんな町ですか」

「うーん、ほら男の人達がよく行く、女性がいる店でしょう」

「女性はおばさんのような人が一人いましたが」

「そうではなくて、男の人と遊ぶ女性よ、なんと言ったらいいのかな」

「ああ遊郭ですか」

「そう、それよ、あなたよく知ってるわね、ひょっとして遊びに行ったことあるの」

「………。」

「そうよね、男だものね」

成民は持って回った言い方に女の性格を見たような気がした。

「でも勇気あるわね、一人で泊まったのでしょ」

成民が黙っていると、話が途切れてしまったのか話題を変えようとしていた。

「あなたは、本が好きですか、先程からそこにある雑誌が気になってましたから」

弘子は自分のバッグから雑誌を取り出した。

「こんな雑誌ご覧になったことあります？」

雑誌を渡されて見ると、『新展望』と書かれた誌名に微かな記憶があった。

「見るのは初めてです」

「よかったらどうぞ、差し上げますから」

表紙の絵にはさほどの興味はなかったが、目次を開いて見覚えのある名前を探していたが、
成民の記憶にある作家の名前は見当たらなかった。

「この表紙は私が描いたのよ」

田園の風景画を軽いタッチで描いたものを表紙に使っていた。

「それからね、これ、この作品は私なの」

「小説も書くんですか」

「そうよ、読んでみて、ご意見を聞きたいわ、あなたのようなお若い男性のね」

弘子は目次の上を指で差しながら、盛んに興味を持たせようとしていた。

「どう、〝別離〟ってタイトル、興味がわかない」

成民は思った。古くさい映画の題名のようなタイトルになんだか興味がわいてこなかった。多分女の苦労話であろうと思うと、食指も動かない。

成民は弘子を近くで観察していた。

黒ぶちの眼鏡をかけて、あまり大きくない目が左右によく動き、上目を使って人を見る癖がある。いつのまにそうしたのか、髪を後ろに束ねると、白い襟足が大理石の置物のように光っている。近くに寄ってみると、灰色のトックリのセーターが胸の辺りで盛り上がっている。思ったより大きめで、成民は思わず胸に視線が走った。

ほっそりとした黒のスラックスに踵の低い靴を履き、都会育ちの垢抜けした才女に見えた。難を言えば、少し大きめの口が気になり、そして目の下から頬にかけてソバカスがある。視点を変えれば、それが魅力なのかも知れない。

「この名前はね私のペンネームなのよ、本名は小杉っていうのよ、本名の方がいいでしょ」

先程は自分の名前を明かさないということで落ち着いたのに、自分から名前を喋るとは落ち着きのない可愛さが見えてくる。

「あなたの名前は」

「金本です」

「珍しい名前ね、東北のご出身」

「いいえ広島です」

「ああ原爆の、そう」

なにも珍しい名前ではない、金が本名だから金本になったに過ぎない。それにしても広島と言えば原爆から発想するのか、と思った。

成民は指示された弘子の作品を読んでいた。その間弘子は邪魔をしないように、成民に話しかけてこなかった。

作品を読んで行くうちに飽きて来て、いつのまにか眠ってしまった。

単調な船のエンジンの音が静かになった頃、成民は目を覚ました。仕切り板の向こう側では弘子も毛布を被って眠っていた。読みかけの雑誌を枕元に置いて、顔面をしかめっ面にして眠っている。

デッキに出て見ると風は冷たく、速度を落とした船は別府湾の中を徐行している。弓状になった街が正面に拡がって、青いジュウタンを敷きつめたような山が正面に見える。その下に拡がる家並みの中から白い湯煙が立ち上っている。晴れ渡った空にカモメが数羽単位で飛び、海面すれすれに飛んだかと思うと、急旋回をして空高く舞い上がる。

成民は冷たい風と、睡眠不足のためか、涙が出たので目許を手で拭いていると、弘子が近寄ってきた。

「あなたにも悩みがあるのね」

「はい、あります」

つい心にもない返事をしていた。

船は別府観光港に接岸した。

成民と弘子は旅の連れ合いのように並んで下船した。船から下りる客の数は少なく、始発の神戸からの客が大半を占めていた。

港の周辺は工事中で、至る所に掘り起こされた跡や、未舗装の道路には水が溜まっている。ぬかるみの道を歩きながら、バスの停留所まで弘子と成民は一言も喋らないままだった。待機中のバスに乗り込んでも、周囲の景色ばかりに気を取られて弘子は喋らない。

国鉄別府駅にバスが着くと、弘子は率先して二人分のバス代を払って駅の構内に入って行った。成民にしてみれば自分の意思によって行動するのではなく、ただ弘子の後に付いて行くことが当然のようになっていた。

豊肥本線別府発熊本行き急行「火の鳥」号に二人は乗り込んだ。荷物はあみ棚に置き、向かい合って椅子に掛けていたが、弘子は落ち着かない。出発前の慌ただしい雰囲気が好きなのか、ホームに出ては駅弁を買い込んだり、必要でもないのにあれこれと食べ物を持って席に戻ってきた。額に汗を浮かべて椅子に腰を下ろすと、扇子を取り出して慌ただしく手もとを動かしている。やがて汽車は動き出した。大分の駅を過ぎると、周囲の景色は一変して田園地帯を汽車は走っている。

鉄橋を渡り車体を大きく内側に傾けて、田圃が目前まで近づいても、機関車は黒い煙をまき散らしながら走っている。

「お弁当食べようかしら、重さんどうぞ」

弘子が弁当とお茶の入った土瓶を差し出したが、成民にしてみると金も払えとは言わない弘子に気味が悪くなってきた。

「遠慮しなくていいのよ、後で精算してもらうから」

やっと弘子が声を掛けてくれた。

汽車は山間を走り、緑のトンネルを石炭の煤で塗り替えながら、誰に遠慮することもなくわが道を走って行く。

成民は空腹に耐え切れず瞬く間に弁当を平らげてしまった。弘子は、車窓の景色を楽しみながら、ゆっくりと箸を口に運んでいる。

汽車が豊後竹田の駅にしばらく停車して動き出すと、上り勾配に差しかかったのか、動きが鈍くなってきた。杉の巨木の林を通り過ぎると視界が開けてきた。右手前方に大きな屏風のような大観峰が見えて、三角形の紙を貼り付けたような同じ形をした杉の木が並んでいる。

汽車は下りの勾配を走りぬけると、坊中駅《ぼうちゅう》(現阿蘇駅)に到着した。

西の山脈に陽が沈みかけている。カラスの集団が駅の上空を飛んで行き、日暮れは東の空から覆ってきた。熊本方面行きのプラットホームに明かりが灯り、小さな虫が集まっている。坊中駅前からバスに乗り換えて、阿蘇温泉に二人は向かっていた。小型のバスには乗客もなく、成民たち二人と女性の車掌が案内に乗り込んでいた。

バスはエンジンの音が高く、舗装していない道路をのろのろと走って行く。窓から入ってくる風が冷たく、田園地帯をしばらく走り、低い軒の民家の間をぬけてバスは山の麓に向かって進んでいた。バスは三十分ちかく走ると終点に着いた。

車掌の案内でバスから降りると辺りはすっかり暮れていた。

田舎の風情が残っている温泉街だが、旅館の案内所もなく、バスが方向転換できる程の広場を挟んで、向かいには赤や黄色の電球が点滅している旅館があった。

弘子は迷うこともなく荷物を持って、その旅館の方に向かって歩いて行った。

「観光旅館、この辺りでは一番ましなようね。ここにしようか」

成民に同意を求めるでもなく、自分で勝手に決めて、旅館の玄関に入って行った。

弘子は案内に出てきた仲居と宿泊の価格を交渉していたが、旅慣れた態度が成民には頼もしく見えてきた。

古い木造の二階建ての旅館には成民たち二人以外に客は見当たらない。まだ時間が早いのか、外の景色はとっぷりと暮れているが、旅館は開店して間もない雰囲気がする。

二階の奥まった部屋に案内されると、弘子は二間続きの奥の部屋で大の字になって寝転んでしまった。

「あーあ、畳って落ち着くわ」

天井に向かって大きな声を掛けながら両足と両腕を、思いっきり伸ばしていた。

「重さん、お風呂の位置を確認してきて」

成民は何も喋らないで部屋を出て行った。

気がきかないなと自分で反省しながら階下の風呂場を確認して、部屋に帰ろうとしていた。女性が着替えようとしている場合は、自分から部屋を出て行くのが礼儀だが、女性から追い出されるとは情けないことだと思いつつ部屋に入って見ると、弘子は寝転んだまま軽い寝息を立てていた。成民は見込み違いだったかと思いテーブルの前に座っていた。

成民が部屋に入ってしばらくすると、弘子は起き上がり周囲を見回したかと思うと、いきなり衣服を脱ぎ捨ててだれに遠慮することもなく下着だけになって浴衣を捜していた。

均整のとれた肢体が、成民の前を歩き回ると目のやり場に困ってしまう。

「さあ、お風呂に入りましょう」

タオルを肩に掛けて浴衣姿になると、弘子は階下に下りていった。一階の廊下の突き当たり辺りから温泉の湯気が流れ込んでいた。硝子戸を開けると一気に流れ込んでくる湯気のために、前方が全く見えない。霧の中で立ち往生しているように二人は入り口で立ち止まり、辺りの様子に慣れて来るのを待っていた。

しばらくすると微かに電球の明かりが目に入った。トタン葺の屋根から外気が入り込み小さな池のような風呂には、竹で作った水路から、猛烈な勢いで温泉の湯が流れ込んでいる。天井の丸太から無造作にぶら下げられている裸の電球が、わびしい田舎の温泉宿の味をかもし出している。

弘子は首まで湯に浸かりながら、目を閉じて躰の隅々まで浸透してくる温泉を味わっているようだった。弘子は時々大きなため息をついて、天井の一点を見つめながら、近くにいる成民には何の関心も示そうとはしない。

水面から少しの間隔だけは湯気が消えていて、天井に近くなっていくほど湯気の量が増えている。雲の中をさ迷っている一組の男女が、自分の運命を模索しているような光景がここにあった。

先程から一言も喋らない弘子は、湯の中で立ち上がると自分の正面を隠すこともなく、更衣の場所に向かって歩いて行った。

「少しのぼせたみたい、お先に上がります」

と言いながら部屋の方に消えていった。

思っても見なかった毎日の変化に成民は振り回されながら、それでも帰還船のことがふいに脳裏を掠めてゆくことがある。

崔京子のことを忘れた訳ではないが、今更新潟まで追いかけて行くこともできない。一刻も早く忘れてしまいたい気持ちといつも戦っていた。幸いにも弘子という存在が今の成民の気持ちを振り回している。このことが救いではないかと思っていた。

成民は渋々と弘子の後を追いかけるようにして風呂場を出て行った。部屋に入るとすでに弘子は、テーブルの前で胡座をかいてビールを飲み始めていた。山菜料理といくつかの料理が二人分並べられている、テーブルの正面に位置を占めている弘子はすでに赤い顔をして、成民を手招きしながらビールを勧めてくれる。

「そんな暗い顔をしないで気分よく、楽しく飲もうよ」

他人に喋ることもなく、暗い顔をしていた弘子自身が、酒の力を借りて饒舌になり、あまりにも極端に変化していることの方が驚きだった。ビールの空瓶が数本並ぶと、弘子は日本酒を要求してきた。冷酒をグラスに注ぎ一気に飲み干していくと、長い髪を掻き上げながらすでに目は虚ろになり据わっている。

「お前は何者だ。名を名乗れ」

成民を指差しながら問いかけてくる。

その質問に答えようともしないで、成民は笑顔を浮かべながら箸を動かしていた。

「ここはいったいどこだ。誰が弘子様を連れてきたのだ。おい、そこの男、この弘子様が才女であることを知ってのことか、お前、一体何が目的だ。この美しい肉体かそれとも私の才能か、はっきりしろ、おい男」

すでに自我を喪失しているような言動をまき散らしている弘子の言葉には、それなりに理屈もあるが、成民にとっては許すことのできない態度や言い草が気になっていた。

酔い潰れるのも時間の問題ではないかと思いながら、成民は適当に相槌を打っていた。

「お前、その意味のない笑いをやめろ。なにか私が感動するような話をしてみろ」

成民は女のよっぱらいと付き合うのは初めての経験だった。

「そうだ、私の小説読んだか。さあ意見を聞かせてもらおうか」

弘子が船の中でくれた雑誌のことを思い出していた。寝転んで書き出しの何ページかを読みながら眠ってしまった船内でのことを思い出していた。

「全部読んでいません。今夜読んでみます」

「読んでいないの、そう、それなら私が内容について話してあげよう」

弘子はグラスに注いだ酒をまた一気に飲み干して、空になったグラスを音をたててテーブルに置くと、自分を正気に戻そうと苦心をしながら喋っている。

「この作品はね、私の人生なのよ。今の生活なのよ。お分かりになりますう?」

今までの喋り口と雰囲気が変わってきた。

「主人公の洋子は私のことなの。お分かりになって」

成民は黙ってお茶をすすっていた。

「私の恋人が先程お渡しした『新展望』という雑誌の編集長なの。実話だから真面目に読んで欲しいの」

弘子の言葉は聞き取りにくいが、それでも自分を誇示しようとする気持ちが伝わってくるのだった。

「私はね、男を捨ててきたのよ、いい気味だ。今頃は驚いているよね。あんな見かけと中身の違った男なんて」

泣きながら両手で交互に顔を拭って、弘子はテーブルにうつ伏せになってしまった。

白いうなじがまぶしくて、長い髪が顔を覆っているが、鼻筋のきれいな線が、湯上がりの化粧気のない自然な姿として映っている。

旅館の窓に映っていた向かいの遊戯場の明かりが点滅を止めて、ときどきバイクの音が温泉街の道を走ってゆく。

旅館の客も成民たち二人だけなのか、隣室には客の気配もなく建物のなかは閑散としていた。

成民はテーブルに伏せて眠っている弘子を隣室の蒲団に運ぼうとしていた。

浴衣の帯は解けて、胸元のふくよかに盛り上がった乳房に成民はしばらく見とれていたが、下着は脱ぎ捨てられて素肌から匂ってくる女の香りは、成熟した果物のそれに似ていた。後ろから抱き起こそうとした成民は、ふと崔京子のことを思い出して、弘子の脇に差し入れた自分の手を止めて、弘子のうなじに自分の頬を寄せていた。弘子を抱えた成民の両手には豊満な女があり、指を動かせば触れる物のすべてから驚きが返ってくる。

抱き上げてみたが、成民の力では簡単に移動させることが出来ない。弘子の肩の下に成民の肩を入れて背負い、蒲団の上に寝かせてやった。長い足を投げ捨てたような格好の弘子は、浴衣も脱ぎ捨てて素っ裸になっている。少し盛りあがり気味の下腹部が成民の目を捉えたまま、暖かい女を意識させていた。それは腹部の下辺りにある黒い影の周囲から伝わって来る女への憧れかも知れない。

崔京子の下腹部もこの程度の膨らみかな、と思いながら、京子の裸体を想像していた。体つきも似ているこの女がもしかすると、京子の化身ではないかと思うと、女への興味も薄らいできた。

明かりが消された部屋の蒲団の上に寝かされた弘子は、乳房を丸出しにしている。

成民は弘子の躰をしばらく眺めていたが、その躰に覆い被さろうとは思わなかった。

邪心をもって、また酒の勢いを借りて攻撃するか、または逃げようとする女を襲っていくような状態であれば、成民は弘子に近寄っていったかも知れないが、無防備な弘子の姿を眺めているとあまりにも美しかった。

成民は弘子の躰に蒲団を掛けてやりながら足下からそっと躰に触れていった。

うーん、呻き声を出して、弘子の躰が反応してきた。

「すみません、目が覚めましたか」

恐縮した成民は咄嗟にあやまってしまった。

「なに……」

弘子の返事が返ってくると、先程までの邪心がふっ飛んでしまった成民は、所在なく辺りをまさぐり始めていた。

「ここはどこ」

「はい、旅館です」

「ああ、酔っ払ったのね。恥ずかしいわ。お水をいただけない」

成民の持ってきた水を飲み干すと、両手を上げて背伸びをしながら欠伸をする弘子は、故意に成民の躰に触れるように片方の手を伸ばして来た。

「こちらに寄って私の手をしっかり握って、何処にも逃げないように強く握って」

成民は弘子の手を握り締めていた。すこし汗ばんでいる掌の温もりが心臓の鼓動を激しく打ち鳴らしている。たまりかねた成民は弘子に抱きついていった。

「そう、そうだったの、私を強く抱きしめて、躰ごとどこにも行かないように強く」

自分を投げ捨てた成民は、弘子の下半身をまさぐりながら、先程から脳裏に焼き付いている女を求めていた。

「待って、あなた待って」

弘子が突然叫びながら、抱きしめている成民の腕から逃れようとする。

「…………」

「ねえ、お願いを聞いて、私のおなかを叩いて、ねえ、あなたの握り拳でここを叩いて」

弘子は蒲団を脱ぎ捨てて、成民の前に裸の肉体を投げ出した。

「ここよ、ここを強く叩いて、お願い、そうしたらどんなことでも聞いてあげる」

成民は自分の浴衣を直しながら呆然としていた。

「ここにね、あの人の子供がいるのよ。ねえ、だからあなたのその手で強く叩いて、私のおなかから子供を追い出して」

懇願するような弘子の姿には、あの妖艶な肌をした女はすでに消えていた。

「あの男とは別れてきたの。あんな卑怯な男は大嫌い」

弘子は蒲団に顔をうずめて、激しく泣き始めた。

「でもね、どうしても忘れられないの。こうして温泉旅館にいるとあの人とのことを思い出すのよ」

先程見せた雑誌の編集長がその男であった。

成民は一言も喋らずに、窓ガラスに止まっている虫の動きを眺めていた。

今頃帰還船は航海中だろうか、または初めて見る異国の土地に上陸した家族は一団となって、不安な夜を過ごしているのではないだろうかと、この場を取り繕うためではなく、急に今までの不安と一緒に帰還船の京子のことが脳裏をよぎった。

「あなた、私のお願いが聞けないの、だったら私を裸にして、こんな格好にしてどうする積もりだったの、教えて」

弘子がいきなり成民に抱きついて、平手で後頭部を叩いた。

「…………」

髪をふり乱して目を吊り上げた形相は、薄暗い旅館の部屋のなかで、憎しみあう男女の争いを映した映画のひとこまのようだった。先程と打って変わり怒鳴りつけてくる弘子は、テーブルの上にあったビールの空き瓶で、成民を叩こうとして構えた。驚いた成民は障子をけり開けて、階下の風呂場に向かって逃げていった。

二階の方向からビールの空き瓶の割れる音が、静かな旅館の中に響いてきた。

成民は再び温泉に浸かりながら弘子の様子を窺っていたが、二階からは物音一つしない静寂の幕が張られている。相変わらず温泉の湯気の中は冬場の霧のように数センチ先が見えない。落下する湯の音だけが辺りの静けさを突き破っている。

後方から人が襲ってきても気がつかない雰囲気のなかで、成民は時々後ろを振り向いては確認をしていた。しばらく温泉に浸かっていた成民は二階の部屋に入って行った。そっと障子を開けて部屋の中を窺っていたが、弘子は二組敷かれた蒲団の片方に行儀よく眠っていた。

成民は自分の蒲団をそっと引き離して、できるだけ弘子との距離を置こうとしていた。

「うーん、あなたお帰り」

弘子は夢を見ているのか何かを喋りながら寝返りをうって蒲団の中から形の良い足を覗かせている。成民にとっては安心して眠りに就くことができない。弘子に出会った時からの色々な出来事を思い出して見ると、はたして正常な性格の持ち主かどうか疑わしくなってくる。

いつの間にか成民は眠ってしまったが、旅館を取り巻く温泉街は深夜の闇の中に沈んで行った。

翌朝、旅館に沿った道路を走る自動車やオートバイの騒音で成民は目を覚ました。しばらく部屋の中を見回していると、昨夜の出来事が夢でなかったことが分かって来た。隣に寝ているはずの弘子はすでにいないが、蒲団は畳まれている。

隣室の散乱した光景もすでに片づけられて、打ち割られたビールの空き瓶はかけらすら見当たらない。当然弘子の姿はそこに無かった。昨夜の狂乱は一体何だったのか、と成民は思った。しばらくすると旅館の仲居がやってきて、テーブルを片づけながら挨拶を交わしたきり一言も喋らない。

「あら、起きてたの、温泉に入ってらっしゃいよ、私は今済ませて来たのよ」

なにくわぬ顔をして弘子が部屋に入ってきて成民に話しかけてくる。テーブルの前に立って成民を見下ろしている弘子の、浴衣の下腹部の辺りについ視線が行く。

昨夜の全裸になった時の弘子を思い出していた。

旅館の仲居が運んできた朝食を済ませた弘子は、この近くに喫茶店がないかと仲居に尋ねていた。いつもの習慣で朝食の後でコーヒーを飲まなくては落ち着かない風で、たばこを吸いながらため息をついている。

「あなた、今からどうします？　せっかくですから阿蘇に登りましょうか」

成民に異論はないが、この先いつまで二人の旅が続くのかと不安になってきた。

昨日の繰り返しで旅館の前からバスに乗って坊中の駅で降りて阿蘇登山のバスに乗り換えた。

阿蘇山の周辺は新芽の季節を迎えていた。

一面緑の色彩で塗りつくされていて、雲一つない空の彼方に火口からの噴煙が垂直に昇っている。大観峰の切り立った岩肌が朝の陽を正面に受けて、きらっと光り、またかげりを作りながら陰陽のながれを作っている。

お椀を伏せたような飯盛山も青かびが取り付いたようになり、その遙か遠くに有明の海が鏡のように光っている。

バスは数人の客を乗せて展望台を過ぎると下りの坂道にさしかかった。舗装がまだ整備されていない道を、噴火口まで登るロープウエイの乗り場に向かって走って行く。

坂道を下ると左側に小さなみやげ物屋があり、その前でバスは一時停車をした。登山道を揺れながら走ったせいか乗客は一様にバスから降りて躰をほぐしていた。『甘酒』と書かれた看板を見つけた弘子は珍しい物でも見つけたように、しばらくその看板の前から離れようとしない。杉板を叩きつけたような小さな店だが、数え切れないほどの品物が揃っている。

「ほら、馬が、あそこに」

弘子が馬を見つけて大きな声を出した。

草千里の草原に向かって歩いている数頭の馬の姿が見える。春の盛りの高原はまだ肌に触れる風が冷たい。

草千里を過ぎると噴煙が目前に迫ってきた。ロープウエイの乗場は閑散としていて乗客の姿は見えない。

スピーカーから流れる音楽が草木のない石片の転がっている風景にはあまりにも不釣合いだった。

「やっと辿り着いたね」

「はい、すごい風景ですね。恐ろしくなりますよ」

「あなた初めてですか」

「はい」

弘子には特別な感慨かまたは思い入れがあるのか、言葉も少なく何かを思い悩んでいるようすが成民にも伝わってくる。

ロープウエイを降りると硫黄の臭いが鼻を突いてきて、風の流れによって噴煙が躰を包み込んで来ることがある。

風雨に晒された山肌を歩きながら火口を覗く勇気もなく、火口との距離を置いて歩いていた。しばらく成民は自分だけの時間に浸っていたが、ふと弘子のことが気になり振り返ってみると弘子の姿が見えない。

迫ってくる噴煙を払いながら周辺を捜していると、北側の火口に沿って弘子が歩いているのが見えた。

不吉な予感がした。大声で声を掛けてみたが、火口から伝わってくる噴火の轟音で呼び声は届かない。

成民は弘子に走り寄って抱き止めると、弘子は放心した状態で自分を失っているようだった。

「弘子さん大丈夫ですか」

「…………」

「火口から離れましょう。元気を出してください」

成民は弘子の耳元で周囲の音に負けないくらいの大声で話しかけた。成民は弘子の躰を抱えて待避壕のなかに連れ込んだが、青ざめている弘子は目も虚ろになり壕内のベンチに腰を下ろした。

「弘子さん、気をたしかに」

成民は弘子の顔面を軽く叩きながら、火口の轟音に負けない程の声で呼びかけた。弘子はコンクリートのベンチに腰掛けて、両手をだらりと垂らし、意識がないのか目は一点を見つめて動かない。

成民は咄嗟に噴火ガスの中毒ではないだろうかと思った。誰か救助を頼むべきではないかと思案をしていると、弘子の意識が回復してきた。弘子はしばらく成民を見つめていたが、眉間にしわを寄せて、叫び始めた。

「だめ、だめよ。私を連れて行かないで」

いきなり成民に抱きついてベンチの上に倒れかかった。

「だめよ。私を離さないで」

弘子は成民の股間を握り締めて離そうとしない。成民のズボンのファスナーを開けて手をさし込み、力まかせに握り締めている。

「あなたは私のものよ。決して離さないわ」

端正な顔を左右に振りながら、長い髪を振りかざして、片方の手で自分のコートの下のスラックスを下げながら、あられもない言葉を喋っている。成民は抵抗せずに弘子のなすがままになっていた。

噴火口の轟音は絶え間なく続き、あたかも弘子の嬌声に同調しているようだった。

しばらくすると弘子の手から力が抜けて、放心した躰をベンチに横たえ荒い呼吸を続けている。

「弘子さんガスが拡がっていますよ。ここを離れましょう」

成民は弘子を背負ってロープウエイ乗り場まで駆け込んだ。閑散とした乗り場には乗客の姿はなく、成民たち二人だけで下山して行った。

バスに乗っても髪を乱して目もとは虚ろになり弘子は椅子にもたれて一言も喋らない。成民も終始黙って弘子の隣に座っていた。

バスを今朝乗り換えた「坊中」の駅で降り、タクシーに乗り換えて、昨夜泊まった旅館に弘子を休ませた。不審に思っている仲居に事の次第を説明しながら、昨夜と同じ部屋に弘子を寝かせて衣服を脱がせてやった。待避壕の中で乱れた衣服も直されていないまま、コートには硫黄の粉末が付いていた。

癖のない髪を後ろに束ねてやり、濡らしたタオルで顔や手を拭き取ると、弘子は薄く目を開けて、笑みを浮かべながら二、三度うなずき、しばらくすると軽い寝息を立てて眠ってしまった。

初めて泊まった昨日とは旅館の趣が違っていた。続けて二日の逗留となれば当然かも知れないが、仲居の態度や部屋での扱いもなれなれしくなって成民の手助けを進んでしてくれる。

相変わらず部屋には温泉の湯が流れる音が伝わってくる。

道路に面している部屋には西陽が差し込んできて、のんびりとした温泉宿の風情があった。

成民の耳には先程までの噴火口の轟音や、弘子が口走っていた言葉の一つ一つが鮮明に残っている。

しっとりとして物静かに見える弘子がどうして急に変化するのか、得体の知れない何かに一抹の不安を抱いていた。

「神サマが呼んでいる。あの火の中から私を迎えに来る。私のお腹にいる子供を連れて行こうとしている……。私を渡さないで、強く抱きしめて」

激しい何かが外部から圧力をかけているように、恐れおののき、苦しんでいるのがはっきりと見えるが、やはり弘子は常人ではないと思った。昨夜のように酒を飲むと自我が変化してくるのと、同じ現象ではないかと思った。

成民はこうした精神的に起伏の激しい弘子に接していると、一層女を感じなくなってくる。別府港で船を下りて温泉の宿に入る前までは、自分なりに女と男の淡い想像を巡らしていたのだが、旅の夜の思い出は吹き飛んでしまって、崔京子のうらみがこうして試練を与えているのではないかと思ったりもしていた。だが弘子に興味を失った訳ではない。

自分の胸の中から何かをむしり取られたような、ここ数日の出来事だったが、中でも狂気じみた弘子に振り回されたことで、一時でも帰還のことや、崔京子のことを忘れることができた。それが安らぎでもあった。

あのとき船中で弘子との接触がなかったなら、今頃はどこの街を歩いているだろうかと考えると、背筋が寒くなるほど不安になってくる。

旅館の窓から入ってくる夕陽が消えていく頃になると、弘子はまるで何事もなかったような態度で起き上がってきた。

辺りを静かに見回していたが、落ち着いた言葉で喋った。

「あら、昨日の旅館に戻ったのね。よく眠ったわ」

背伸びをしながら床を抜け出して、何もなかったような顔をして階下の温泉に出かけて行った。成民には一言も声をかけずにふらつく足取りで、階段を下りていった。

弘子の抜けた蒲団の横には畳まれた衣服や下着が残されている。薄い桃色の下着が清楚な印象を残しているが、それを温泉場に届けるものかどうかと成民は迷っていた。

浴衣の下には下着を着けず素っ裸であることを考えながら、弘子の大胆な性格を思うのだった。

弘子は浴場から戻り夕食のテーブルに座ると、以前の明るい弘子に戻っていた。

「あなたって変な人ね、私をうっちゃって逃げて行けばいいのに、どうしてこんなにお世話をしてくれるの」

「困ってる人を残して行けません」

「そう、私は困っている人なのね。それとも私に魅力があるからかな、どちらなの。いい女だものね」

成民が弘子に魅力を感じていることも嘘ではないが、何故かと言われれば、自分の気持ちを集中できる何かが欲しかったからに過ぎない。自分の行く先も定まっていないことや、何をしていいものやら、判断する気力が喪失していたからだった。

「私もね淋しいのよ、男を捨ててきたものね。そんなに若くもないのにね。そこに子供まで出来ちゃって」

弘子は自分の内面を語り始めたが、成民にとってなんの興味もわいてこなかった。

突然狂人に変化する弘子が懐かしくなってくるのが、我ながら変ではないだろうかと思ったりもする。食事のテーブルにはビールもなく酒もない。昨夜の狂乱が影響しているのか、弘子は酒の要求もしないで、黙って箸を口に運ぶ姿は温厚で優しい女そのものだった。

電灯の下でしばらく二人は読書を続けていた。階下の柱時計から十時の時報が伝わってくると、弘子は読みかけの雑誌を閉じて、眼鏡を外すと成民に話しかけた。

「私ってね、あなたのことを何も存じ上げてないわ。よろしかったらあなたのことを話していただけない」

正面からこうして話しかけられて返答に困ってしまった成民は、真実なんて楽しくもおかしくもないと思いながら黙ってしまった。

「そう、誰にもあるのよね、話したくないことが、でもあなたには何か重大な隠し事があるでしょう。なんとなくそんな雰囲気があるのよ。間違ったかしら」

穏やかな弘子の語り口に乗って数日前からの出来事を話してみようかなと思った。

だがこの弘子が成民の捜索者であったらどうなるのだろうかと考えると、つい口が重くなってくる。

弘子の腹にも子供がいて、崔京子の腹にも子供が宿っていることが、成民には偶然とは思えなかった。

「温泉に入って休みましょうか」

弘子の誘いで二人は温泉に入ったが、その後は、二つ並べられた床の片方で弘子は早々と寝息を立てて眠っていた。

成民は昨夜の今頃弘子に追いかけられていた。そのことを思い出していると、なかなか眠りに就くことが出来ない。こうして静かに弘子と成民の二つの枕が並べられているのが嘘のようだった。

成民は暗闇のなかで自分の足を弘子の蒲団のなかに差し入れてみたが、弘子からは何の反応もなく、また成民の足を除けようともしない。試しに小さな声で呼んでみた。

「弘子さん、ひろこさーん」

何の返答もない。

弘子が反応して返事があったら、何と答えたらいいものかと考えていると、背中に冷や汗が出てくる。

いつの間に眠ったのか、朝になって窓から差し込んでくる自然の明かりで成民は眠りから覚めた。

隣の蒲団はすでに畳まれていて、弘子の姿は見当たらない。

整理されている周囲の様子は只事ではないなと思っていた。

風呂場に行こうと思い浴衣の帯を締めていたら、テーブルの上に一枚の紙がのっているのに気がついた。

さようなら、重さん。再びお会いすることもないでしょうね。立派な大人になってください。

弘子

とりとめのない夢から覚めたような気持ちの中で、現実がどれなのかと模索をしているような朝の、急に襲ってきたこの変化に成民の感情は断ち切れそうになっていた。

11

熊本行き普通列車は左手に阿蘇の噴煙を見ながら走っていた。本来なら火口の噴煙の激しさに驚いた時のことを思い出しているはずだが、成民には草千里の雄大な草原と、古ぼけたみやげ物屋の印象と、『甘酒』の看板だけを思い出していた。それは噴火口の近くで起きた弘子の狂乱を、現実のものとして記憶しておきたくないと思ったからかも知れない。

汽車が下り坂に差しかかったと思ったら、ブレーキのきしむ音を立てて止まってしまった。汽車は後方に下がり始めると、今度は前進をする。何度か前進、後退を繰り返しながら駅に止まった。

立野《たての》駅には数人の駅員がいて乗降客は見当たらない。目の前に迫っている杉の林が、天に向かって滑り込むような、わだかまりのない姿を誇示している。

汽車は下り勾配を滑るように走って行った。

熊本駅が近くなると左手に熊本城の天守閣が見えてきた。

動きの緩慢な汽車は古い木造の熊本駅に着いたが、駅は混雑していた。成民はしばらく駅の構内を見回していたが、駅舎を出ると目前に市内電車が数台停車していた。どの電車に乗っても熊本城の前を通ると教えられたので電車に乗り込んだ。

市内電車は左手に楠の茂った城の前で一旦停車をして、大きく右に回って消えていった。城閣を見物した。天守閣の最上階からの展望は、有明海や反対側に見える阿蘇の山脈が灰色に塗られているが、噴煙は見えない。

噴煙のない阿蘇の姿を見ていると、何かしら安堵を覚える。

熊本市内の商店街を歩きながらも成民の気持ちは落ち着きを失っていた。常に今からの行動を思い、そして自分の取った行動をどう説明しようかと考え、迷い続けていると街の明るい雰囲気も素直に受け入れることが出来ない。

商店街の喧噪を抜けると電車の停留所に突き当たった。重量に比べて走る姿は軽快で乗り心地のよい電車は、たくさんの電球をぶら下げて走り、終点の熊本駅に戻っていた。

日暮れの熊本駅周辺は照明のせいか、人の動きが激しくて乗降の客の流れが多い。

成民は北側の待合室に席を見つけて眠ってしまった。待合室の長い椅子に半身を預けてバッグを枕に寝息をたてていた。

夢のなかで、京子が成民にむかって罵声を浴びせかけていた。平身低頭する成民は京子の顔を見ることも出来ないほど憔悴している。ただ謝るだけの成民に京子がバケツの水をぶっかけたが、その弾みで成民は眼を覚ました。しばらく辺りを見回していたが、待合室には人も少なくなって閑散としている。

ふと気がつくと、成民の前には二人の警官が立って見下ろしていた。

「お客さんどちらまで行かれますか、列車も少なくなりましたが」

「………」

「乗車券はお持ちですか」

「いいえ、まだ切符は買っておりません」

「行く先はどちら」

「博多まで行きます」

「住所は」

「……広島です」

「名前は」

「……金本です」

「下の名前は」

「成民です」

「朝鮮の方ですか」

「……はい」

「登録証持ってますか。外国人登録証」

成民は躊躇した。わざと時間を引き延ばすためにバッグの中を捜し始めた。後ろに立っている二人の警官は成民の行動を黙って眺めていたが、若い警官が成民の動作に不審を感じたのか声をかけてきた。

「持ってないですか。ちょっと派出所まで来てください」

周囲にいた数人の乗客が成民に視線を向けている。バッグは若い警官が持って、その後について駅前の派出所に入って行った。

成民は上着の内ポケットに外国人登録証は持っていたが、素直にそれを提示することに躊躇した。

理由は通常の登録証と違っていたからだった。帰還船に乗船が決定した後の手続きで、登録証に特別な記載がされていて、赤いゴム印の中に有効期限が記入されていた。新潟港で帰還船に乗船するときには、外国人登録証を返還しなくてはならないために、有効期限に限定があるからだった。

派出所には他に警官の姿はなく、成民と一緒に来た二人の警官だけだった。

正面の机の上に成民のバッグを置くと、若い方の警官が高圧的に切り出した。

「そのバッグの中身を全部ここに出してみろ。登録証も見つかるぞ」

成民はバッグの中の物を机の上に並べた。雑誌やノート類は別にして、下着、洗面用具等も整理しながら並べていると、年配の警官が雑誌を取り上げて、成民に尋ねた。

「『新展望』これは共産党の雑誌ではないのか。小説ばっかりか。お前は若いのにこんなむつかしい本を読むのか」

雑誌をめくりながら成民に尋ねてきた。

「お前は学生か、登録証を見せてみろ」

成民はごまかしがきかないと悟って、洋服の内側のポケットから外国人登録証を取り出して警官に渡した。成民の仕草を横で見ていた若い警官が成民の顔を睨み付けた。

「うん、国籍は韓国か、共産党ではないな」

登録証をしばらく見つめていた警官が納得したのか、若い警官に記録をするように指示をして、登録証を手渡した。

「部長、ちょっと見てください」

若い警官が登録証の裏面を見せながら年配の警官に尋ねた。

「おい、お前は大変な事をしたな、これは新潟に行くべきじゃないのか」

「………」

「どうしたことじゃ。うーん」

年配の警官が唸りながら、若い警官に指示をして本署に伺いの電話をしていた。

電話の応答を聞いていると即座に返答ができないのか、本署からの返答を待つことになった。

電話でのやりとりを聞いた年配の警官が、改めて成民に話しかけてきた。

「どうして新潟に行かないんだ。せっかく金日成さんが国に呼んでやろうと言っとるのに、こうして帰還手続きまで済まして、もったいないぞ。なあ、この辺りをうろつかんで自分の国に帰ったほうがいいぞ」

成民の弱みにつけ込んで何かと難癖を付けようとしている。あまり喋らない年配の警官は、戦前の教育を受けたのか何かと成民を見下げるような言動をしている。

「生活が苦しいのは君たちだけではないぞ。この国ではな、大学を出ても仕事が無いんだ。ましてや外国人になったお前たちを養う義務も力も無いんだ。この辺りをよく考えてさっさと自分の国に帰るんだ。なあ、我々に迷惑をかけんでくれんか」

「…………」

成民は一言も喋る気持ちにならない。一方的に自分が正しいという気持ちと信念を持った官憲に、親しみを持って接する気持ちが湧いてこない。

親心なのか老婆心なのかは知らないが、警官たちは事情が分かると態度が変わってきた。しばらくこうした会話をしていると、電話が鳴った。若い警官が電話を受けて、年配の警官に渡した。

一方的に話を聞いた警官は受話器を置くと、成民に説明を始めた。

「君はまだ若い、一応、広島に帰って手続きをやり直しなさい。日赤の窓口に行って次の帰還船を予約しなさい。そうすれば再び自分の国に帰ることができるから」

成民は思った。なんだい勝手なことばかり言いくさって、なにも好きこのんでこの国に生まれたのではないわい。一言たんかをきって帰ろうかと思っていた。

成民は荷物をまとめて派出所を出て行った。

博多行き深夜発の普通列車の乗車券を買って、プラットホームで待っていると、先程の若い警官が成民の近くまでやってきて、一言も声を掛けようとせずに、成民が汽車に乗るのを確認していた。

古い客車を連結して編成している普通列車は、博多の駅に早朝到着の予定だった。

木製のベンチにビロードの布を張り付けた座席で、数人の客が向かいの席に足を伸ばして眠っている。電球は暗くて深夜を走る列車特有の影があり、しばらく走っては停車する。また静かに走り始める。乗降の客もなく車内の空気も動かない。

深夜、これは地上を走る汽車ではなく、空中か、または水中を走る列車のような錯覚を覚えた。それは窓に映る風景もなく、黒の世界を走る物体を想像させるからだった。

一定のリズムが改めて眠りを誘ってくる。

停車したときの振動で目が覚めると、窓の中央部に街灯が走り去って行く。深夜の風景は黒いキャンバスに明かりが残したほの暗い影だけだった。車窓の曇りを手で拭きながら駅の名前を確認していた。

成民は明かりの下あたりに移動して本を取り出していた。しかし照明の加減で活字を追うことが出来ない。席を移動しながら読書に適した場所を探していた。

落ち着いた場所で雑誌を取り出すと、雑誌の中から、日本赤十字社発行の「帰還案内」が出てきた。先程からこのパンフレットを探していたので好都合だった。

帰還案内、『意思の変更』

二、もし病気あるいはその他の理由でどうしても窓口に出頭することができない場合は病気がなおってから、あるいは自分で出てこられるようになってから出頭すればよろしい。
三、万一汽車にのりおくれたとか、予定の時刻に集合地へ来ることができなかった場合は、このことを直ちに最寄りの日赤職員に届け出て下さい。そうすれば、後から帰れるようにしてあげます。

もしこの届け出を怠ると日赤としては最早援助を与えることができなくなります。しかし日赤側が進んで調査したりすることはしません。またなぜ間に合わなかったかという理由を尋ねたりもしません。


（原文通り）


成民は帰還案内書にしたがって今後の手続きをしなくてはならないと思った。

案内書を再び雑誌にはさんで、またいつの間にか眠ってしまった。目が覚めると汽車の窓には田園の風景が映っていた。

白々と夜が明けて東側の窓には朝の太陽が差し込んできた。山と山の間に太陽が輝いて、車内も一段と明るくなり、車内には空席がないほど乗客が乗っていた。

終点の博多駅が近くなってくると、通勤の乗客が増えてきた。窓辺に席を構えた成民には通路の混雑が楽しくなってくる。がらんとした深夜の列車の侘しい光景よりも、こうした人の雑踏の方がむしろ落ち着いてくる。

博多の駅は混雑していた。赤いレンガ造りの駅舎を出ると、戦後の市場がそのまんま残っていた。歩く人の波は速くて、どこに消えて行くのか次から次へと流れて行く。

成民はコーヒー屋を見つけてしばらく街の様子を観察していた。

南国のような太陽が昇り、街を流れる人の姿が落ち着いた頃を見計らって、再び駅舎に戻り、広島行き特急列車の時間を確認して博多の街に出かけて行った。

目的もなく歩いた観光は、駅から数キロを歩いたに過ぎなかった。

博多の港を歩き、外国航路の貨物船を見ながら、そしてポートタワーに登って港の周辺を眺める、こんな単純な見物には飽きがきて、いつの間にか足は自然に博多駅へと向かって行った。

駅の待合室で寝転び、新聞を隅まで読み、駅弁を買い、そして土瓶に入っているお茶をする。こうしていると、駅の構内に人が集まり汽車の動きが頻繁になって、やがては外に明かりが点り始めると再び駅の構内が静かになってくる。それとは反対に駅の周辺が賑やかになってきた。

夜の騒音が入り乱れて勤め帰りの数人が顔を赤くして近寄って来ては、何か大声でわめき散らしながら同僚たちと議論を始めるが、だれもそれらに関心を示さない。

成民は深夜に広島到着予定の寝台列車に乗り込んだ。後部に二両だけ繋がれた客車に乗ったが、雑誌を読んでいるうちに、眠ってしまった。

数時間が経過して、深夜十二時を過ぎた頃に列車は広島の駅に到着した。停車時間の短い列車は成民をプラットホームに残して駅を離れて行った。

四日前に旅立った向かいのプラットホームをしばらく見つめていた成民は、背筋に冷たいものを感じて、陸橋の階段を駆け上り一気に駅の構内を抜けて行った。

駅前にある植木の茂みに腰掛けて、しばらく呼吸を整えていた。

誰かに見つかるのではないかといった被害者意識が先行して、正面を向いて歩くことが出来ない。駅前からタクシーに乗っても運転手が話し掛けて来ることを極度に嫌い、無言を続けていたが、深夜の乗客の素性を知りたいのか、盛んに運転手は成民に話し掛けてくる。やがて運転手は自分との会話を避けていることに気が付いたのか、目的地の橋が近くなると互いに一言も喋らなくなっていた。

この街を離れて四日になるが、なんだか長い年月を経て舞い戻ったような気がしてならない。

太田川の土手でタクシーを降りた成民は、人の目を気にかけながら歩いて自宅に向かっていた。

月の明かりが道を照らして、土手の道の辺りに咲いている草花が風に揺れている。

集落の明かりは消えて、時々聞こえる豚の鳴き声だけが数日前の生活と変わっていない。

杉板を張り付けただけの自宅の前に立って、成民は中の様子を窺っていたが物音一つしない。何故帰ってきたのか、このままこの地を離れる方が賢明ではないだろうか、としばらく躊躇していた。

だが成民の躰は自然に家の中へと入って行こうとしている。

薄い杉の板で作られた引き違いの戸を静かに開けて家の中に入って行こうとした。錠の掛かっていない戸を引くと、もしや成民が帰って来るのではないかと考えた父親の思いが伝わってくる。

土間からそっと障子の破れを覗いて見ると、弟たちと父の寝ている姿がそこにあった。相変わらず部屋には豆電球が点っている。これは父親の習慣で災害や不慮の出来事に備えた配慮でもあった。

障子から目を離したとき、部屋の中から声がしてきた。

「成民か」

「うん」

父親が起き上がってきて障子を開けるなり成民に抱きついてきた。

「ああよかった。心配したぞ躰は元気か。今夜あたり帰ってくるような気がしていたよ」

声を押さえて感情を表に出すまいとしている父の姿が、成民には哀れでならなかった。何度も成民の手を握り、顔を撫で回して喜びを表している。

台所の横の小さな部屋で二人は向き合って、互いの安否を確認しあっていた。

「総連の連中が来たですか」

「うん、毎日のように来るが、わしには気安い者もおらんしの、話もしないよ、あの連中にしてみると困ったことらしいわい」

それは成民も考えていたことだった。落伍者としての烙印を押して宣伝をするか、または再び新潟に送り返して帰還船に乗せるかは、彼等にとっては今後の帰還運動に関わることでもあった。

「弟たちは無事に帰還したかな」

父親にとっては自分の弟である叔父のことが気がかりだった。

「お前の元気な顔を見て安心した。あんな寒い北朝鮮は人間の住むところではないよ。考えが変わったのが正解よ」

父が少年の頃に聞いたことのある極寒の地を説明しながら、成民を慰めていた。

父は成民をしばらく見つめていたが、

「しばらくここを離れていたほうがよいのではないか」

成民は父の提案にしたがって深夜の食事を簡単に済ませてから、ふたたびバッグを抱えて夜明け近くに家を出て行った。

すんなり家を出たものの、明日からの計画もなく、訪ねて行く先もない。ただこの地を離れることだけが成民の目的だった。

すでに夜明けを迎えた広島の駅に着くと、周囲には目もくれず上りの列車に飛び乗った。岡山行き普通列車には早朝のせいか乗客の姿はまばらで、各駅での停車時間も長く、成民の神経も疲れていた。とりあえず関西方面に出て、職を探そうと思っていた。

心配の種であった外国人登録証の変更については、父親が日赤の窓口に行き事情の説明をして更新の手続きをすることになった。そのためにも一日でも早く居住地を定めなくてはならなかった。

今後の連絡手段は電話の取り次ぎでは近所に迷惑が掛かるので、成民の弟宛に手紙で連絡をすることにした。読み書きの出来ない父のために、弟には出来るだけ読みやすく漢字の少ない手紙を書くことにした。

12

成民は初めて見る大阪の街で職を得ていた。数日前に大阪の駅に着いて新聞の求人欄を見ていると、住み込みの新聞配達員募集の広告が目に付いた。先方に電話をして道順を聞いて訪ねて行った。

国鉄大阪駅から南の方向に平野という町がある。その中心地平野商店街に行くには、天王寺まで行き、それからバスに乗り換える。

これだけの説明で新聞販売所を訪ねて行くと、小太りして頭の禿げ上がった主人が、成民の風体をしばらく見つめていたが、納得したらしくて早口の大阪弁で尋ねてきた。

「君は本が好きか」

「はい」

「そうか、それならしばらく住んでみなはれ。まじめにやらんと、じきにやめてもらいまっせ、よろしな」

新聞販売店の表側は賑やかな商店街だが、間口は狭くて奥が細長い住宅兼用の建物になっている。

陽の当たらない一階の奥まった部屋に案内されたが、二階には主人夫婦の部屋があり、住み込みの配達員は成民一人だった。数日前までこの部屋に住んでいて退職した学生のことを、主人は成民に聞かせてくれた。まじめで遊ぶことを知らない学生だったこと、田舎に残した母が病気になり急遽田舎へ帰ったことなどを食事のときに話していた。

だが店の主人は成民の身元や、大阪に出てきた動機や、家族関係等を詳しく聞き出そうとはしない。雇用者として当然のことをしない主人を、成民は奇異に感じていた。

「兄さんは苦労した御方やな」

「……はい」

「躰からにじみ出てますわ。がんばらないかんで、なんも心配いりまへんよってに」

成民にとっても自分のことを聞かれることがいちばん恐かった。

新聞配達の仕事は過酷だった。

朝は五時頃起きて新聞の整理を始めていると、学生たちが数人集まってきて、仕分けされた新聞を持ってそれぞれの自転車に積み込み、素早く夜明け前の街に飛び出して行く。その間、数分も掛からないが、互いに自己紹介をする暇もなかった。

こうした慌ただしい生活であっても、昼間の時間は比較的のんびりとして自由に外出することが多かった。

こうして成民の生活が始まった。

大阪の街を見学したり、大型の書店を歩き、また市立の図書館を利用しながら、成民は充実した毎日を送っていた。

時々弟に手紙を書いたり、また弟から手紙を受け取り家族の安否を常に気にかけていた。規則的な毎日が続き瞬く間に数カ月が過ぎていった。弟の手紙によると、近所に住む帰還者の親戚宛にきた帰還者からの手紙に、待遇について色々と書かれていたことが知らされてきた。寒冷地に住むことになった帰還者たちから、衣服や金銭の無心の手紙が頻繁にくるようになったことや、古着を要求したり、日本円をいくらでも送って欲しいといった要求が何度も届いているようだった。

こうした話を聞くたびに成民の父は、叔父の心配をして、そして成民の取った行為が正当であったことを、弟たちや周囲の知人に話しているようだった。それを知った成民は自分の正当性を父親が理解しているのがうれしくてならなかった。

成民は毎朝、数種類の新聞に目を通しているが、どの新聞からも北朝鮮帰還の話題が減っている。

数カ月前のように新聞の一面に記事が並ぶこともなく、帰還者たちの消息も記事として掲載されてもいない。表面に現れていない現実を想像するとき、改めて故国帰還の目的と意義が成民には分からなくなっていた。

成民は朝の新聞配達を終えて自転車で帰りの道を急いでいた。

朝の陽が射し始めた街路樹には、新緑の若葉が数枚風に揺れている。ふと立ち止まってその樹を眺めていた。

数日前には蓑虫がぶら下がって風に揺れる姿をしばらく見つめていた事を思い出していた。蓑虫の皮を指で剝ぎ取ろうとしていたが、外気の寒さを心配してそっと小枝に掛け直してやったことを考えていた。

住宅街の垣根越しに白い花をつけた枝を見つけて梅の季節かと思っていたら、それは桜の花だった。

いつの間に追いかけてきたのか新しい春がそこにあった。

暖かい日が続いて夜の寒さが緩んでくると、今まで忘れていた自分の体調について考えていた。夢中になってその日、その日を生きてきた甲斐があったのか微熱がなくなり、寝汗をかくこともなくなっていた。気持ちの上で少し余裕が出てくると、成民は寝床の中で崔京子のことを思い出していた。今更思い出したところでどうなる訳でもないが、何か責任を回避した自分を、責めているような気がしてならない。

それから数日後、弟から手紙が届いた。

封筒の中に別の封筒が入っていた。薄い茶色のその封筒は見るからに安っぽくこの辺りでは見たことのない物だった。

表には成民の父宛の名前とその左上に金額のはっきりしない切手が五枚貼ってある。

何枚かは香港の切手が漢字で書かれてあった。裏の発信人の欄には北朝鮮発信の叔父の名前が書かれていた。

切手の消印と受信の日付けを確認すると、届くまでに四十日もの日にちを費やしたことになっていた。

ボールペンで書かれた手紙は、罫のない薄い藁半紙のような紙で、小さな文字を一枚の紙に隙間もないくらいに書き込まれている。

表裏の区別が出来ないほどインクが滲んでいるが、内容の趣旨は充分に伝わってきた。

やはり噂は本当であったかと成民は思った。時候の挨拶の後に、日本出発に際してのお礼を述べた後、

(自分たちは金日成の暖かい配慮と庇護の元で日々幸せに過ごしている。よって心配は無用に願いたい。病人であった成民を残して来たことが心残りだ。だがそれも運命だから諦めたい。病人である以上この地に来ることもないが、健康に留意するように。ところで兄さんに

お願いがあります）

ここまで読み終わった成民は全身の血液が頭に上ったような衝撃を覚えた。言葉の裏を読み取ると、決して帰還してはならないと解釈したからだった。

（この地は冬は寒くて夏は湿度も低く大変過ごしよい所だが衣類の手配が困難です。日本から持ち込んだ衣類は、近所の同志たちに分配をしたために少し不足をしています。できたら新しい品物ではなく古い衣類を、一枚でも多く集めて送ってください。できれば生地の厚いものがいいです）

古い衣類の所に線が引かれて、強調しているように思えた。帰還の時に別便で送った荷物の中には、数着の洋服があったことを成民は知っていた。重量制限が一人に付き六十キロと決められていたので、子供の数まで入れると叔父の一家は大量の荷物を運び出すことが出来たはずだった。

また荷物の大半は寒冷地であることを考えて衣類を大量に荷造りしていた。その衣類が不足だと考えると、多分、通常の環境ではないことが窺えるのだった。

（食料は充分にありますので心配はしなくていいです。「食料と書かれた所に〇印あり」金日成の配慮で祖国帰還者には特別に配給を受けております。また最後のお願いですがお金を送ってください。できれば二万円ほど送ってください。お願いします）

成民はどうしても額面通りに内容を受け取ることが出来なかった。家財道具を売り払い、多少の不動産も処分して、帰還者に決められた定額の持ち出し許容の現金の他に、子供たちの腹に巻き付けて持ち出した現金は莫大な額であったはずだった。

共産主義の国家であっても現金に勝る武器はない、と言っていた叔父の考え方を知っていた成民は、手紙の内容から、叔父の生命が危険に晒されているのではないかと思った。物品や、金銭、また装飾品は没収され、日本に住んでいる肉親たちに無心を強要させているのではないだろうか。当然こうした手紙も検閲されて、組織ぐるみの行為ではないかと思いを巡らした。

手紙とは逆な解釈をしなくてはならない、成民はこう思っていた。(成民に、そちらで体を治療して一日もはやく健康体になってください。崔京子が男の子供を産みました。また京子の母がこの冬に亡くなりました)

簡潔に要点だけを書き綴った叔父の手紙が成民の感情を激しく揺さぶっていた。

夏の日に逢った京子の姿が一枚の写真となって、成民の目の前に大きく映ってきた。あの時に確認した襟足から首筋にかけての産毛のような幼い姿が、一瞬脳裏をかすめていった。

京子の手から伝わってくる温かい感触が成民の左手に残っている。成民は左手の親指を自分の口に含んで、しばらく目をつむって思い出に耽っていた。

冬が過ぎて春が来ると、成民の生活や環境が落ち着いて変化の兆しが訪れることを願っていたが、叔父の手紙で成民の思いは振り出しに戻ってしまった。

京子の産んだ子供も成民の子供に違いない。帰還手続きを躊躇していた成民に帰還の決心をさせたのも、京子からの妊娠の告白が決め手になったことは事実であった。

その後北朝鮮への帰還事業は日を追って盛んになり、様々な疑惑を撒き散らしながら、期間の延長までしなくてはならない結果を生んでいった。

叔父からの手紙も数回届いたが、誰一人としてそれらの要求に応えようとはしなかった。

現金を送ることへの不安と、二万円という現金は肉親にとっては大金であった。

一度だけ試しに古い洋服を送ったことがあったが、受け取ったという返事が思ったよりも早く届いたのには驚いた。

こうした一連の流れを見ると、たびたび送られてくる無心の手紙が肉親の心に切ない思いを募らせるのであった。

第一次帰還から第一五五次まで八万八六一一人、追加帰還四八〇一人、合計九万三四一二人の朝鮮人が帰還して行ったが、帰還者の大半は高齢者や、日本国内での生活困窮者が占めていた。

13

一九九三年（平成五年）春、成民はある週刊誌を読んでいた。

中国残留孤児の問題が世間の同情を集めて、毎日のようにテレビの画面を賑わしている。そうしたニュースを見る度にあの時帰還船に乗って北朝鮮に帰国した崔京子と、成民の子供のことが思い出されてならない。自分の生存中に逢えるものだろうか、一度でいい逢ってみたいといつも思っていた。

週刊誌の記事が成民の目に止まった。

昭和四十二年四月二十八日発行、情報資料七十六号

自由民主党広報委員会『北朝鮮帰還問題について』

○帰還船を利用しての政治工作

これまで帰還船が、北朝鮮から朝総連ないしは北鮮系の朝鮮人に対する政治指導のル

ートとして盛んに利用されていた。

北朝鮮は日本にたくさんスパイや工作員を送り込んでいた。

また政治指導については、昭和三十五年から四十二年の北朝鮮帰還終了まで、大体六十回前後行われていた。

政治指導についてその事例を上げると、非常に重大なものの一つと言われる、昭和三十七年、第百次船（昭和三十七年十月二十八日入港、十一月十一日出航、帰還者三百五十人乗船）の政治指導。

——北朝鮮の対日政策には表と裏がある。裏の方は日本の現政権を倒すことであるが、当面の情勢ではそれが許されない。そこで日本政府の政策を変更させる闘争を行うこと。また南朝鮮の政界、財界、軍、それぞれに拠点を設けるために、対象者を日本で工作して、南朝鮮に送り込むのだと、いうことを言っている——


（原文を一部要約）

こうして北朝鮮の政治工作に利用されたのが帰還船であり、また北朝鮮の本音であるといった理由を羅列されると、人道的な立場で行われたとされる、故国帰還があまりにも虚しく思えてならない。

大切な命を、ただ一人の恋人を、両親を、兄弟を、窮地に追い込む理由がどこにあるのだろうか。

成民は終日これらのことを考えていた。なにか方策があるはずだと思い込むと、激しい焦燥感に追い立てられるのだ。

14

薄桃色の山桜の花があちこちの山に点在している光景は、筆で薄い色を画き足したような単純で唐突な思いがする。

濃淡の変化が見られない山の風景に、あまりにも当然と言わんばかりの様子で納まっている桜の姿が、春の終わりを告げている。

岩の多い川に沿って歩きながら、仏像の顔を思い浮かべていると、川の向かい側から山鳩が地面すれすれに飛んできた。自分の巣に近寄ろうとする外敵を警戒しているのかも知れない。

肌に触れる風もまだ冷たくて、澄み切った流れにも魚の姿が見当たらない。

寺への参道には人影もなく、露天の商人たちもどこに隠れたのか、子供相手の商品だけが道端に並んでいる。

寺の山門をくぐって小さな木製の橋を渡ると石段が数段組まれている。その石段を上って見ると広場があった。

正面には大雄殿があり左手に寺務所があり、その裏手には僧たちの宿舎が並んでいる。成民は大雄殿の側面から建物のなかに入っていった。黄金色の大日如来を中心にして左右に薬師如来と釈迦如来が安置されている。

入り口の近くにちいさなテーブルを置いて記帳を管理している老婆が、軽く頭を下げて堂の中心辺りに案内をしてくれた。

誰もいない堂内は冷たい空気が張りつめていて、古い木製の戸の隙間から入ってくる明かりが唯一の温かい色彩を投げかけている。

座蒲団を敷いてくれた老婆は一言も喋らないが身のこなしが言葉になっている。

成民は両手を合わせて目を瞑り、しばらくして正面の仏像を下から見つめていた。特別に願を掛けることもなく、ただ静かな建物の中に座っていると敬虔な気持ちになってくる。細い口髭をたくわえた仏像は大きな建物の中で参拝に来る信者を睥睨《へいげい》しながら、ときにはうすら笑いを浮かべたり、また深刻な表情をしては信者たちに反省と自信を与えている。

磨き抜かれた仏具から金色の光が輝き、天に向かって立ち上る線香の煙が、細くて長い影を引いていた。

「旦那様、どちらからお見えですか」

「はい、日本から来ました」

「それはご苦労様です。仏様もお喜びでしょう。私も子供の頃に日本の学校を出ましたが字は忘れました。言葉の方はこうして少しは話せます。よろしかったらご記帳をお願いいたします」

多少の訛りはあるが流暢な日本語に感心していた。

成民は自分の名前と住所を記帳して五万ウオンを老婆に渡した。「ありがとうございます。仏様にご報告しまして朝と夕方に祈禱いたします」

丁重な老婆の態度が成民の気持ちを豊かにしてくれた。

「ちょっとお尋ねしますが、智首《チス》スニム（僧への敬語）おいでになりますか」

「アイゴ、智首スニムとお知り合いですか、ただいまお部屋でご勉強中ですよ」

老婆の教えに従って智首師の個室を訪ねてみた。長屋の一室で智首師は座禅の修行中だったが、成民の姿を見つけると、小柄な体全体で喜びを表しながら迎えてくれた。

昨年の秋にソウルの知人の紹介でつきあいを始めた智首師だが、何度か手紙のやりとりの中で旧知の間柄のようなつきあいが出来ていた。

剃髪が行き届いて、青い頭が少年のように若々しく、ときおり頭を撫でながら小さな目を細くして笑っている。

「なにかお悩み事でもおありですか」

「はい、少し考えることがありまして、立ち寄りました」

「私で解決できますか」

智首師は合掌をし衣を整えて正座をしながら成民の前に座った。

「スニム、私は中国に渡ろうと思います。そうです、豆満江の上流あたりの朝鮮族自治区に行きますと、北朝鮮との連絡が出来ると聞いておりますが、いかがでしょうか」

成民はすでに決心をしていたが、こうした事が事実かどうかを調べるためにこうして韓国に来たのだった。

目を閉じてしばらく無言を続けていた智首師は静かに語り始めた。

「その話は何度か聞いたことがあります。事実のようですね。思い通りになさってください。逢いたい人を訪ねて行くことは仏の心です。必ず成就することでしょう」

成民は仏に伺いをたてるつもりはなかったが、情報の収集のつもりで問題を提起したに過ぎない。だが噂が事実であったことが決心をするための一つになったことも本音であった。

成民のたどたどしい韓国語と漢字による筆談であっても互いに理解は出来ていた。

「金先生、今頃は北朝鮮に近い中国は寒いのではないでしょうか」

「いいえ、これから準備や出国の手続きをしますと初夏になりますよ」

「私の知人達も団体のツアーに参加しているようですよ」

成民は智首師から情報を得たことに感謝していた。言葉や地理が不案内な者にとっては、団体に参加出来ることは願ってもないことだった。

成民は智首師からお守りとして数珠を受け取って宿舎を後にした。

改めて大雄殿の前に立って合掌をしていると、先刻の老婆が成民に手を振って見送っていた。

広場の石段を下りて先程の橋を渡ると気持ちが吹っ切れたのか、全身が軽くなったような気がしてきた。

松の木立のなかで青い目をした僧がすれ違って行った。

国際的に有名になったこの寺は、成民が思っている以上に名刹であろうと改めて思った。

鬱蒼と茂っている松や雑木の林を歩いていると、野鳥の囀りが聞こえてくる。すれ違う人もなく一人で山の道を下りながら思い出していた。先程は数年前に他界した父の名前で記帳をするべきだったと思った。

河の流れが早くなっていることに気が付くと、露天の店と休憩所の屋根が見えてきた。バスの停留所までたどり着くと乗客は一人もなく運転手が所在なげに新聞を開いている。『松広寺』と書かれた石塔がバス停のまえに立っている。今までに気がつかなかったことが嘘のように思えてくる、新発見だった。

まだ手垢の付いていない御影石に刻まれた寺の名が、眩しくて、つい手を翳して見上げる程だった。

数人の乗客を乗せたバスは舗装もしていない田舎の道を砂煙をたてながら下って行ったが、しばらくすると溜め池の辺りにある停留所でバスは止まった。数分しても動く気配がない。何事かと思って窓から覗いてみると、バスの運転手は停留所の標識の足元に腰をおろして、同年配の女性と話し込んでいる。他人の事などお構いなしに、自分の都合でバスは運行されていた。

成民は順天市の駅前で降りると、隣のバスターミナルから空港行きのバスに乗り換えた。混雑した空港には銃を持った警備員が至る所に立っている。国内線の空の旅にはあまり慣れていないが、旅券を提示して行く先を申し出れば簡単に手続きをしてくれる。流れは機械的で乗客が機内に乗り込むと、確認もせずに飛行機のドアが締まり滑走路へと移動して行く。すべてが合理的で乗り遅れの客のことが心配になってくる。

温暖なこの季節を待ち構えていた成民は、冬の間考えていた自分の計画を実行したいと思いながら、言葉も知らない韓国に旅立っていた。数年前からツアー旅行で韓国には何度か訪れてはいたが、こうして一人の旅はまだ数回目だった。ホテルの予約や、市内を徘徊するにはタクシーを利用する方法だけは知っていた。

順天を発って夕方にはソウルのホテルに入っていたが、繁華街の中心にあるこのホテルは街の騒音とビルの地階にあるディスコの音楽で深夜まで眠りに就くことが出来ない。それが近代国家の首都の姿ではないだろうかと、自分でも驚くほど鷹揚になっていた。

成民は、昨年の十一月に長年勤めていた会社を定年退職して、これからは自分の思い通りの生き方をしようと考えていた。北朝鮮への帰還が開始されて今日まで四十年に近い歳月が経っていたが、あの時のことは一時も忘れたことはなかった。時間が過ぎるにしたがって当時のことが鮮明に脳裏をかけ巡っていることが、ある意味では生きることへの励みになっているのかも知れない。崔京子も別れた当時のままで成民の記憶のなかに残っている。すでに金日成が死亡した現在、かつての北朝鮮の面影もなく徐々に自由主義の風潮に蝕まれてゆくのが伝えられて来る。亡命者のニュースや食糧危機が流れてくると、不安定な国情を思い、成民は胸をえぐられるような思いに苦しめられるときがある。

帰還しなかった自分が、平和で安寧な日を過ごして来たわけではないが、働いただけの生活を今日まで維持して来たことで、満足に近いものも感じていた。

帰還船に乗せた十万人に近い人間を活かしているのか、または粛清してしまったのか、それを思うとき成民は憤りのために眠れない夜を何度も過ごしたことがある。

ソウルの朝は春たけなわだった。

鍾路の広い道路には柳の綿が舞い散っている。コートを脱いだ女性の足の姿から平和な春が歩道を流れている。

成民はホテルで教えてもらった旅行社を探していた。鐘閣の古い建物の前には若者たちがたむろして、なかには人待ちをしているのか煙草の煙を吐き出しながら、朝の舗道を見つめている者がいる。人の流れは地下鉄の入り口に向かって行き、また同じ入り口から人の波が出てくる。

成民は交差点を渡った角の二階に旅行社の看板を見つけて事務所に入っていった。大人が一人やっと通れるような狭い階段を上って行くと、案内広告が入り口のドアいっぱい貼り付けてある。

なんだか場違いなような気がして躊躇していると正面のカウンターから声が掛かった。

「アンニョンハセヨー」

成民は事務所の中に入るとすでにホテルからの連絡が届いていたのか、片言の日本語で女性が応対に出てきた。

「白頭山方面の旅行ですか」

「いいえ、豆満江から北朝鮮の国境の辺りを旅行するツアーがないかと思って来ましたが、どうでしょうか」

「はい、ありますよ。故国北韓訪問団というのがありますが、中国からの旅行になります」

「誰でも参加出来ますか」

「僑胞《キョッポ》ですか」

「はい……」

「たくさんの人たちが参加されていますよ」

成民は詳しく説明を聞いた。季節は初夏から秋にかけて毎年相当数の旅行者が集まる様子であった。特に近年は日本に在住の僑胞（外国に居住の同胞）が多くなっているようだった。成民は同じ目的の旅行者がいることに安心と、また一種の焦燥感を抱いていた。

この年の第一便は五月第二週の木曜日が出発の予定だった。その後、毎週木曜日の出発で月曜日帰還のツアーが組まれていた。

中国の入国に際しては入国査証が必要なため、その手続きに半月を要するとのことだった。成民は旅行社側の説明を聞いて旅行社を出て行った。

鍾路の舗道を東に向かって歩いて行くと、商店のウインドーの初夏の衣類や、新しいファッションが人の目を引いている。

早足で歩く人の波に押されていると、交差点にたどりついた。

左側の広い道路の先に、白い岩肌の山が見える。

ソウルの北側に屏風のように聳えている岩の多い北岳の小高い峰が並んでいる。

仁寺洞の骨董品街の通りの反対側に沿って生け垣があり、「パゴダ公園」があった。公園には大木の林が茂っている。信号機の近くにある門の横で入場券を買い、公園のなかに入ってみた。石塔が数体建てられてその奥には八閣堂が見える。

どこから集まってきたのか老人たちがそれぞれの群れを作って、話し合い、また大声で演説をしている集団もある。

三・一独立宣言書を読み上げて、当時の日本政府に対し大韓帝国の独立を宣言して、朝鮮全土に「万歳運動」を展開していった運動の発祥地がこのパゴダ公園だった。

当時の凄惨な記録がレリーフとして壁面に展示されて、独立宣言書の全文が彫り込まれた石碑が建っている。

成民は石碑の文字を目で追いながらいつのまにか手に汗が滲み、涙で文字を追うことができなくなってきた。すでにこの世を去った父の姿が脳裏に浮かび、生きることへの戦いに明け暮れた父の人生を思い続けていた。

成民はなんとしても生存中に崔京子と、いまだに名前すら知らない我が子を捜し出さなくてはならないと、激しい焦燥に苦しめられていた。

数分後、成民はふたたび旅行社のカウンターに立っていた。

「先刻の第一便を予約することができますか。出来るようでしたら、今日予約したいのですが」

先程帰ったばかりの男が舞い戻って来て額に汗を流しながら予約をする光景に、旅行社の者たちは驚いて眺めていた。

書類に書き込み、中国への旅行にはビザが必要であることや、また日本に帰国して至急写真と旅券を郵送してほしいことを説明していた。ソウルからの航空費用と旅費を前払いして、成民はその日のうちに日本に帰ってきた。

15

それからの一カ月間は成民にとっては落ち着かない毎日が続いていた。

韓国に旅行する目的を家族たちには話していなかった。

定年後の自由を、楽しんでいるように見せかけていることも事実だが、成民にとって長年のわだかまりを、人生の終焉を迎える前に結論なり何らかの解決をしてみたいと思っていた。

二人の息子もそれぞれ成人して社会に出ているが、戸籍の上では父親不在の私生児になっている。息子たちが韓国の戸籍を得ることは簡単だが、この日本では就職することに大変な困難を覚悟しなくてはならない。それは成民自身が体験したことで証明されている。

従順な妻に恵まれて、成民の立場を理解して家族が同じ戸籍に記載されていなくても、何ら不服を言ったりしない。

この家族たちにも不幸を与えているのではないだろうか、と成民は考えることがある。

だが帰化することはしなかった。北朝鮮に帰った崔京子のことを思うと、戸籍まで捨てれば自分が哀れになってしまうからだ。

京子に会って、生死の確認をするまでは現状のままでいたいと思っていた。建設会社に就職して、定年まで勤め上げた成民には、家族たちと平和に余生を楽しむといった考えはなかった。

時代の流れが僅かではあるが解決の糸口を作っている。

中国経由で北朝鮮と接触ができるということに、成民は誰にも言えない希望の中で愉悦に浸っていた。

五月の連休が終わった頃、成民は中国への出発の一日前に福岡空港からソウルへと旅立って行った。

旅行社と連絡をして明日の集合場所の確認をし、ホテルの周辺で深夜まで酒を飲んでいた。最近は数軒の飲食店とも顔なじみになり、今回の旅行についても店の者たちと話し合っていた。

深夜になってホテルに帰っても気持ちが落ち着かない。初めて行く中国に不安があるのではなく、別れたときの崔京子の面影がどうしても脳裏から離れない。数日の内に京子と会える保証もないのに、この旅行が京子との再会の旅であるかのように決めつけている自分が哀れでならなかった。

いつの間に眠ったのか、目が覚めると太陽は高く、街の騒音がホテルの窓を叩きつけていた。支度もそこそこにして、空港の国際線ターミナルの集合場所に駆け付けてみると、成民の他に数人の男女が集まっていた。

成民と同年代の人たちが大半を占めていて、年齢や風体からそれぞれの抱えている目的は同じではないかと思われた。

しばらく空港の雰囲気と慌ただしい喧噪に包まれていると、見送りの伴を連れた人の群れが出来上がっていた。旅行社の添乗員も汗をかきながら説明や点呼に走りまわっている。出国前の参加者確認が始まった。釜山や大田市のような大型の都市圏からの参加は数十人単位で、親戚縁者が主体となって構成されているが、地方の村から参加している者もいた。当然日本に在留している同胞や米国からの参加者も混じっていた。

総勢八十数名の旅行団が編成されていた。ただし全員が同じ地区に向かって行動するのではなく、航空機を降りるとそれぞれの目的によって分散されて行くようだった。

韓国の航空会社所属の中型機に乗った乗客は、黄海を横切って一路大連へと向かって飛び立った。大連の空港を経由して、休む間もなく中国東北部に向かって再び飛行機は旅を続けて行った。

灰色の高原の裾野のようになった所には緑色の草原がくっついていて、その下には幾つかの家並みがあり、また一本の道をたどってゆくと、道は高い山の中で消えている。

まだ灰色と緑の混じった草原の行き着くあたりには、蒼い、そしてところどころに銀色をばらまいたような空、天空がある。

暫くすると機内放送が流れてきた。

「皆様、ただいまこの飛行機から、私たち民族発祥の地、白頭山を見ることが出来ます。残念ながら頂上にある、天池を見ることは出来ませんが美しい姿の一部を見ることが出来ます。さあ右手をご覧ください。霊峰の頂上がご覧になれます」

機内にはどよめきが走り、乗客はシートベルトを着けた姿勢で右側の窓を見ようとしている。

「長白山脈の中心にある天池から流れる水は、南に流れては鴨緑江となって黄海に流れてゆき、北に流れると豆満江となって日本海にたどりつきます。あと数分で当機は皆様の目的地であります延吉空港に到着いたします」

初めて訪れる土地への不安とまた自分の目的を果たそうとする期待とで成民は身震いをしながら、背中や脇の下に汗が滲んでくるのが分かった。

飛行機は気流の変化に耐えながら薄い雲を抜けると、眼下に延吉の町並みが見えてきた。

町の中心を流れている河に沿って、両岸に軒の低い家が並んでいる。大きな谷間になっているような所に幾つかのビルの群れが見えたかと思うと、飛行機は草原に向かって着陸の態勢に入っていった。

空から見渡す風景と成民たちの機内での行動の素早い対応が、大陸にやってきたという実感を喚起してくれる。

飛行機が徐々に高度を下げてゆくのが分かった。時折何かにつまずいたような衝撃があり、エンジンの音が高くなったりまた空を切るような軽い音に変わっている。

左に大きく旋回したかと思うと、極端に機体を修正して水平飛行になった。

通路側の席から首を伸ばして外の景色を見ようとするのだが、窓辺の客が小さな窓いっぱいに顔を張り付けて外の風景を見つめている。成民は思った。なんと大きな顔だなと。自分の顔に手を当てて、つい計測をしていた。

足元に大きな衝撃が走って飛行機は延吉に着陸した。

草原の中に一本の滑走路があり、その先端は小高い山脈のなかに消えているようだった。

コンクリート製の事務所と待合室のような空間があり、二階が事務所ではないかと思った。

建物の屋上には数本のアンテナと、パラボラアンテナが一基備え付けられている。

待合室のゲートを過ぎると、道路には数台のマイクロバスが待機している。

飛行機から降りてきた乗客はそれぞれの目的によって分散して行く様子だった。

ホテルに向かう成民たちや、また近くの町や延吉市内の友人や親戚を訪ねて行く者たち、またこの地から他の地に移動する人たちが旅立って行った。

成民はホテルに向かう二十人程のグループと同じバスに乗り込んだ。所々塗装の剝げ落ちた小型のバスはそれでも貸し切りなのか泥を落として水で洗った跡がある。バスのエンジンの音は高く真っ黒い煙を吐き出しながら田園地帯を走っていた。

小さな橋を渡ってバスが右折すると比較的広い道路に出てきた。行き交う車の量が少なくてソウルや日本の道路事情とは考えられないほど穏やかな風景であった。灰色の家並みや、まだ覚め切っていない寒冷地特有の風情がある。軒の低い煉瓦造りの家と放牧された乳牛の群れがバスの騒音に驚いている。

街の中心部が近くなってくると、ハングル文字の看板が目に付いてきた。道路の標識がハングルで書かれている。

左手に延吉大学の正門が見えた。アカシアの葉が茂り、街路が広くなってきた。隣の公園を過ぎて柳京飯店と書かれた看板に、朝鮮料理、日本料理と書かれた漢字が目に入った。その飯店の前の四つ角を右に曲がって行くと道路の幅が一段と広くなり、道の両脇にはビルが建ち並んでいる。

中心街らしく自動車の量も多くなってきた。

成民たちの乗ったバスはロータリーを一巡して延吉ホテルの前で止まった。門構えの大きな絵葉書で見たような入り口を入って行こうとしていると、門前には行商人や何かを尋ねているような人たちが近寄って来る。

バスを降りた人たちの中には手を振りながら不要の合図をして、ホテルの中へと入って行く者、また呼び止められて商人たちの話を聞くもの、それぞれが乗物から解放された安堵からくる余裕をばらまいている。

「大阪の中原さんですか」

訛りのあるたどたどしい日本語で老婦人が尋ねて歩いていた。小柄な老婦人は着膨れして丸くなっているが、頭には派手なスカーフを被って相手の顔を仰ぎながら呼びかけていた。

「大阪の中原さんいませんか」

「私、中原ではありませんよ」

「あなた朝鮮語喋れますか」

「少し」

成民がその老婆に興味を覚えたので、話し相手に選んだつもりだったが、逆に一方的な話を聞く羽目になった。

「あなた、僑胞《キョッポ》ですか」

「はい、日本から来ました」

「政治に関係ありますか」

成民は一瞬戸惑った。政府の役人ではないかと確認していることが理解できるのに暫く時間が掛かった。お互いが理解できると安心したのか、大阪の中原さんを捜してほしいと言い出した。

「中原さんと出会って今年で三年が過ぎました。北朝鮮にいる妹を捜してほしいと頼まれました。私は苦労して妹を捜しましたが、なかなか見つかりませんでした。中原さんは毎年やってきました。中原さんはその年の最初の飛行機でやってきて、この場所で会っていました。それが昨年の終わり、寒くなっても来ませんでした、今年も会えないでしょう、困りました。妹の住んでいる所が分かりました。早く知らせたいと思っています」

この老婦人の話を聞いていると成民は希望が湧いてきて、自分の考えている計画を話してみたい衝動に駆られていた。

「ゆっくりと話をしたいのですが、今夜でも逢えますか」

「日が暮れたらここに出てください、私が迎えに来ますから」

老婆は口の周りに付いている泡を素手で拭きながら、あっさりと帰って行った。

部屋に落ち着いた成民は結果を勝手に決めていた。それは崔京子の捜索をこの老婆に依頼しようと思った。だが、中原という人を捜し出してやらなくてはならないだろうと思ってもいた。ひょっとすると京子の消息も思ったより早く見つかるのではないかと希望を膨らませていた。

成民は自分で知り得る限りの京子に関する情報を老婆に与えようと思って順序立てて考えていた。

食堂で早々と夕食を済ませた成民は、玄関の硝子戸越しに外の様子を窺っていたが、まだ陽も高く部屋に戻ってははっきりしない外の景色を眺めていた。

初夏だというのに空は灰色になり街路樹にも新芽の姿はなく、街の色がすべて灰色になっている。温暖で明るい初夏の色の中で育った成民には異様な景色としか言いようがない。それでも日暮れの訪れはどこの景色も同じだった。西の空から山の稜線あたりが帯を引いたように微かに明るくなったかと思うと、東の空から薄い墨を塗ったような夜が迫ってきた。この間数分であったが、瞬く間に夜が包み込んでしまった。

玄関を出て幾つかの石段を下り舗道に出て行くと、左手の植木の辺りから声がした。

「旦那さん、こっちです」

声の辺りを見つめていると暗闇の中に小柄な老婆が立っていた。

「ああ、ハルモニ、暗いので見えないね」

「はい、今夜は月がないですから」

「この国でも月が出ますか」

「大きな月が出ますよ。遅くなって出てきて早く消えて行きます」

「都合のいい月ですね」

成民は暗い街の中を行き交う自動車のヘッドライトに助けられながら、行く先も教えない老婆の後に付いて歩いた。

自動車に気を取られてふと前を見ると老婆の姿が消えていた。一瞬しまったと思い治安の悪いこの国のことを思って身構えてしまったが、ふと左手の路地を見つめていると、暗闇の中に老婆の歩く姿を見つけた。

成民のことなど気遣いもしないで、自分のペースで先を行く姿がなんだか頼もしく見えてきた。

セメントの煉瓦を積み上げた塀で囲まれた軒の低い家の戸がすでに開けられていて、中からほの暗い石油ランプが見えてきた。

老婆は奥の部屋から手招きをして、成民に部屋に入るようにと声をかけていた。

小さなオンドルの部屋は暖かく上着を脱ぎ捨てて、テーブルをはさんだ形で二人は向き合った。

「こんな部屋ですみません」

「いいえ、それにしても暖かいですね」

「夜になると冷えますから」

老婆は色が白くてロシア人に似ていると思った。

「私はこの延吉で生まれました。北朝鮮に母がおります。国境を渡って商売をしています」

「自由に往来出来ますか」

「私たちは出来ます。食べ物を運んでいますから」

自分の生活を話しながら話の本題に入っていった。

「私は、孫と言います。子供はこの家の裏に住んでいます」

初対面の成民を安心させようとしているのか、尋ねもしないことを話して聞かせる。

「孫さん、北朝鮮の人を捜してもらえますか」

「難しい政治に関係のない人だったら、たぶん捜すことが出来ます、だれか捜す人がありますか」

「はい、その用件でここまでやってきましたが、なにせ初めての所ですから何も分かりません」

「日本から送還された人たちですか」

送還、この言葉に成民はとまどった。日本語が不馴れなこともあろうと思うが、帰還が送還と受け取られていることに不安を感じた。

「日本から北朝鮮に帰った私の妻です」

「奥さんですか、いろんな不幸がありますね。中原さんはただ一人の妹さんを捜しにきましたよ。早く連絡とりたいですが」

崔京子のことを妻だと言ったのも、昨夜考えて結論を出したことだった。京子とその子供を捜すには、妹というより妻と言ったほうがより効果的で、真に迫っているのではないかと思ったからだった。

「早く捜しますが、お金がたくさん掛かりますよ。あちらの人たちにお金を渡さなくてはできませんから」

成民はいよいよ核心に触れて来たなと思った。

「旦那さん、あなたも用心しなさい。ホテルの前で洋服を着た男に頼むと、お金を持って逃げて行きますよ」

成民はそんなことだろうと思った。ソウルを発つとき旅行社の注意があったのと同じことを孫さんは話していた。

「わたしは間違いないですよ。こうしてここに暮らしていますからね、どこにも行きませんよ」

孫さんは互いが初対面だから、こうして自分の家まで連れてきたのではないかと思った。どうせ初めての体験でもあり、多少の冒険も覚悟はしていた。

「旦那さんの奥さんを捜してあげます。私の捜している中原さんを捜して下さい」

そういうことか、これなら信憑性があるな、と成民は思った。互いの依頼であれば逃げられることもないであろうと確信のようなものが湧いてきた。

「ところで、肝心なことを教えてください」

「ああ、お金のことでしょ」

「そうです」

「私は、安くしますよ。中原さんは約束したときに十万円くれました。そして妹が見付かったら十万円くれることになっています」

孫さんは円で欲しいと付け加えてきた。

成民は思った。費用としては高いか、安いかの判断はできないが、雲を掴むような話を現実の物にして貰えるなら、安いものではないかと思ってみた。

その後、孫さんは付け加えた。北朝鮮では日本の円と米国のドルがいちばん価値があるので、ぜひ円で払ってほしいと頼まれた。

今後の連絡は直接この家まで出向いて欲しいとのことだった。

外国の旅行者を相手に北朝鮮の人捜しを請け負う人たちがたくさんいるが、その人たちは直接北朝鮮に入国できないので、ほとんどが孫さんのような行商する者に依頼をしてくるらしい。紙切れに名前と住所のようなものを書いて依頼してくるが、ほとんど見付かることはないようだった。それは孫さんたちが真剣に捜索しないからだと語っていた。その理由は外国人から依頼を受けたときに受け取る金の中から、僅かなものだけしか渡されないからだった。

それも円やドルではなく、中国の金を渡されるから、北朝鮮の国内で役所や警察に依頼をすることが出来ない。

外国人から依頼を受けた者たちは、ほとんどが金だけを受け取って再び依頼人の前に現れることはない。何も知らない依頼者たちは、被害者となってホテル側に苦情を申し入れるが、ホテル側としても対処の方法がなくお手上げの状態のようだった。ホテル側として精一杯の協力は、捜索請負人たちをホテルの中に入れないような処置以外打つ手がない。

孫さんは過去にそうした依頼を何度か受けたが、実績が伴わないことに疑念を持って、自分が直接捜索の依頼を受けることにしていた。

その中の一人が大阪在住の中原さんであった。

孫さんは具体的に自分がしている捜索の方法を説明していた。図們の街で国境警備隊の隊員や隊長たちには常に付け届けをしたり、また労働党員には外国の紙幣を渡していた。

北朝鮮に入国しても運んできた商品を売り捌く前に、国家警察の要員に外国紙幣を渡して依頼者の捜している人物を突き止める作業をしていた。一度に数人もまとめて捜索することは出来なかった。政治に関係している人物とか、刑務所に収監されている人物であった場合は確認することが疑いとなって、逆に詰問されることがある。

「あなたは運が良い。私に出会ったことがよかった。中原さんのお陰よ。私は行商許可証を持ってるからね」

孫さんは色々なことを話し終わると、中原さんの住所のメモを渡してくれた。成民は何も言わずに十万円と崔京子の特徴などを書き記したメモを渡した。

所在地の目安として、北朝鮮咸鏡北道會寧《ヘリョン》郡、そこまでの記憶だけが残っていた。四十年前に叔父から届いた手紙の住所を、微かに記憶しているだけだった。

「多分この辺りの集団農場ではないかと思いますが」

「これだけで分かりますよ、日本からの送還者ははっきり分かりますよ」

「ここはどんな所ですか」

「アイゴー、生きていますかね。寒い所ですよ。高い山があってその麓に新しく開いた土地がありますよ。そこの開拓農民ですよ。草も生えない何もできない山の中ですよ」

成民は尋ねたことを後悔していた。

極寒の地で、冬には零下四十度の山間であることは噂に聞いたことがある。だが開拓団である限り、それなりの良さもあるのではないかと、都合のよい方向に考えようと成民は努力をしていた。

「會寧《ヘリョン》という町があってね、豆満江の上流の、それは夏になると美しい町になるのよ。江《カン》辺《ビョン》に人が沢山集まってくると大きな祭りが始まるのよ」

成民は孫さんの話が分からなくなった。人の住めない地区だと説明しておいて、次には風光明媚な地だと説明するその裏には、日本からの帰還者たちが入居している施設があることを知っているのではないかと思った。

成民は重ねて依頼をしてホテルに帰ることにした。

「次はいつ会えますか」

成民は今後のことについて孫さんに尋ねてみた。

「三カ月過ぎて来てください。こちらの秋は早いですから、寒くならないうちに来てください」

その時には自分のこの家を訪ねて欲しいと何度も説明していた。

「今度会うときには中原さんのこともお願いします」

交換の条件になってしまった中原さんのことは成民も考えていた。

墨を塗ったような戸外の景色のなかで、見送りに出てきた孫さんの懐中電灯だけが異様に光っていた。外の気温は低く、軒の低い家並みの路地には物音一つなく、成民の靴の音だけが耳元に聞こえてくる。

数メートル先に見える広い道路には自動車の往来もなくなり、静寂の世界が居座っているような光景があった。ふと東の明るい方向を見ると、遅れて出てきた月が成民の泊まっているホテルの陰からこちらを覗き見るように掛かっていた。

翌日は観光バスに乗って国境の町を見学することになった。

延吉の街を抜けて豆満江のほとりに沿ってしばらく行くと、小型のバスは山道へと進んで行った。細い道に入った途端に未舗装の道を砂煙をたてながら走る様は、何かから逃げているような気がしてならなかった。国境の町に続く軍用道路とはとても思えない悪路が続いていた。

硬いシートに振りまわされて一時間近く走ると、大きな川が見渡せる高台にバスは停車した。曇った空からは今にも雪か雨が降ってきそうな景色のなかで、眺望も悪く微かに霧の中に長い橋を見ることが出来た。図們江に架かっている国境の橋であることはすぐに分かった。図們大橋の近くにある展望所から北朝鮮の村を見渡すことが出来る。簡単な木造の展望所は足下も悪く、昇降には不便だった。

バスの乗客が入るといっぱいになるが、それでもその場を離れる人はいない。小雨のような小粒なものが降ってきた。気温は肌に感じるほど下がってはいないが、屋根のない建物は風雨を防ぐ方法がない。

国境の橋の前方北朝鮮側には大木が密集していて、その後方は切り立った山が屏風のように聳えている。これは戦略的な要素を持った要塞を思わせる。

中国側のように広大な高原はそこにはなかった。

北側の橋から数人の兵士が境界である橋の中央部に向かって歩いてくるのが確認出来た。天候が不良ということでバスは橋の手前で数分間停車して北朝鮮から渡ってくるトラックをしばらく見学していた。

乗客は誰一人として喋る者もなく、霧雨に煙った橋の彼方の北朝鮮の方向を見つめていた。

ガイドが見兼ねたように声をかけてきた。

「時間がありませんのでホテルで昼の食事をいたしたいと思います。いつまでもお名残惜しいことと思いますが、北朝鮮の同胞たちの幸せを祈ってあげてください」

女性の鼻をかむ声が聞こえてきた。

バスのなかを見回してみると、大半の人たちが目もとを濡らしていた。バスが図們の町のなかに入ると広い舗装道路が碁盤の目のように造られていて、あまり高くない建物が整然と並んでいる。

ガイドの話によると国境の町として、数年前から町並みの整理がされたということだった。

昨夜逢った孫さんのことを成民は思い出していた。自分の躰と手に持てるだけの荷物を持って、この国境の橋を渡って行く姿を想像していた。

バスは観光コースを巡りながら、図們江公園のみやげ物の店を最後に延吉のホテルに戻ってきた。

成民は地図を広げて自分が立っている地点を確認しようとしていた。

昼間に観光したコースをたどりながら気がついた、図們から東に汽車で二時間の所に琿《フン》春《チュン》の町があった。この町は中国、ソ連、北朝鮮の三国の国境に接している。

国の果てまできた感激なのか。成民は全身に覆い被さってきたような身震いにも似た衝撃を受けていた。

成民は陽が暮れるのを待って、再度孫さんに会ってみようと思っていた。昨夜話し合った事柄を確認することと、また今後の計画や大阪の中原さんのことをどのように処理し連絡すればいいのか、話し合ってみたいと思った。

本心は崔京子の捜索の可能性を重ねて聞き出したいのが目的だった。外の景色が薄暗くなってきた。昨夜の記憶を呼び起こしながらホテルの外に出かけてみた。

行き交う自動車のライトで左に折れて行く路地は簡単に見つけることが出来た。自分の背の高さと軒の高さを比べながら、記憶にある煉瓦造りの塀が終わる所で、木製の戸を押し開けようとした。取っ手を引いたり、押し込んでみるが戸はびくともしない。握り拳で戸を叩いて来意を告げるが、中からは何の返答もない。外出中であれば仕方ないと思いながら、周囲の景色を再度確認しながら引き揚げて帰った。

夜が明けた、昨日の暗い天候と打って変わって蒼い空が拡がっていた。街の姿も明るさを取り戻して、暗い姿ばかりを見てきた自分が嘘のように思えてくる。

ホテルの前から西に向かっての広い道路端には露天商が並んで、原色の果物や野菜そして衣類が並んでいる。延吉は中国領延辺朝鮮族自治州の州都だけあって、北朝鮮から持ち込まれてきた商品が大半を占めていた。なかでも北朝鮮の犯罪者や、政治亡命者の探索も厳しくてそれらしい役人が私服で情報の蒐集をしていた。

一抹の不安は残っているが、依頼人の孫さんに賭ける以外方法のない現実を成民は再認識しながら、ソウルの騒々しい都会を通過して日本へひとまず帰国して行った。

16

成民は日本へ帰国の途中でソウルの旅行社に立ち寄った。

今回の旅行に対してのお礼の言葉と、ささやかな土産の品を渡して、三カ月先の予約をしていた。特別な事情がない限り、ツアーに参加したいと念を押しておいた。

帰国後は成民の気持ちが思った以上に軽くなった。特別なことをした訳ではないが、自分の目で北朝鮮の国を確認出来たことへの感激がそうさせたのかも知れない。

当時は、国交の無かった中国から手を伸ばせば届きそうな所に、崔京子が住んで居ることが、また逢える可能性があることを、成民は確認していたに違いない。今後の日程と予定を立てて行動をすることにした。最初の仕事は孫さんとの約束を果たすことにあった。

成民は大阪の中原さんを訪ねていた。環状線の鶴橋駅で下車をして混雑した商店街を東に向かって抜けてみた。数十年前に来たことのあるこの商店街は昔と全く変わっていなかった。新聞販売店に住み込んで働いて居た当時、父親に鱈子の唐辛子漬けを送るために、この商店街に来たことがあったが、遠い昔のことだった。

広い道路に突き当たった所の煙草屋で中原さんのことを尋ねてみた。煙草屋から南に少し行った所にある、韓国の輸入商品を取り扱っている店を教えてくれた。

間口は広くて、ショーウインドーには高級品のバッグが並べられている。成民は店に入って、店員風の中年の女性に来意を告げた。

「中原さんおいでですか」

「どちらの中原ですか、社長と会長さんがいますけど」

「どちらか分かりませんが、中原一郎さんです」

「ああ、それは会長さんですよ」

店員は急に態度が悪くなって、店の奥へと入っていった。暫くすると恰幅のいい女性が出てきて成民の風采をジロッと見て、

「私が中原の家内ですが、どなたですか」

ぶっきらぼうな言い方に、成民は少し感情的になったが、それでも我慢をして言葉を継いでいた。

「私は九州からきました金というものです」

「主人と親戚ですか」

「違います」

「どのような用件ですか」

「中国からある人に頼まれて伝言を持ってきましたが」

「またそのことですか。妹を捜したということでしょう」

「はい、そうですが」

「その話は終わったことですよ、何人も訪ねてきましてね。金ばかり使って、道楽もいいかげんにしていただきたいですね」

成民の顔面が紅潮してきた。この女の言うことが事実であるなら、自分の行為は何なのか、あのときの孫さんの話は偽りだったのか、と思うと、目の前に立っている脂太りの女が憎らしくなってきた。

「どうもお話の意味が理解出来ませんが、ご主人にお会いすることは出来ませんか」

「その主人はここにいません。詳しいことはあの先の『キング』というパチンコ屋に行ってきいてください」

中原さんの妻という女はそれだけを言うと、事務所の奥へと入って行った。

成民は不安になってきた。大阪まで出向いてきたことが徒労であったかと思うと、足が重くなってきた。

教えられた通りに『キング』にやってきた。パチンコの騒々しい音が耳を貫いて行く。誰に話していいものかと迷いながら、景品の前で忙しそうに動き回っている女の店員に話しかけた。

「店の外に出てこの建物の裏にゆくと階段があります。それを上って四階の事務所に専務がおりますから、そちらで聞いて下さい」

成民は店員が教えてくれた階段を上って行き事務所の中に入っていった。机が三つばかりあって、殺風景な事務所には人の気配はなく電話のベルが鳴り続けていた。

成民は自分の躰と目の位置をどこに置いていいものかと迷いながら、入り口の戸を開いたままにしていると、成民の後ろから若い男が飛び込んできて電話の受話器を取り上げた。

話の内容は成民の来意を知らせるものらしく、言葉の受け答えで分かった。

「どなたさんでっか」

「はい、専務さんに会いたいのですが」

「私が中原です」

「あの、おたくのお父さんにお会いしたいのですが」

「ええ、いまおふくろから連絡がありました」

成民は何か事情があるなと思った。

「会長はいまここにはいてはりません」

「どちらにお伺いすれば会えますか」

息子の専務は窓の近くに寄って、

「あそこに見えまっしゃろ、原病院というのが、あそこに入院してまっせ」

息子は母親に比較するといくらかあっさりとしているので扱い易かった。その男は成民に向かって質問をするでもなく、それだけを教えるとまた階段を駆け下りて行ってしまった。

事務所の入り口に取り残された成民は、何から手を付けていいものやらと迷いながら、ゆっくりと階段を下りていった。

激しい道路の騒音の中に立っていると、あの時の延吉でのことが思い出されてくる。

道路の幅も同じくらいであろうか。車の騒音もほとんど無く、地上の音は天に吸い込まれて行くような静寂が満ちていた。歩いている人たちも歩調が鈍く目的のない生活のように思えてならない。

南の窓辺にヒヤシンスが花をつけている。ガラス窓から差し込んでくる光が柔らかく、白一色に統一された部屋の色彩が冷たい感じで、視線を遮っている。枕とサイドテーブルのあたりから低い声の読経が流れてきた。

聞き覚えのある抑揚の利いたリズムで韓国語の経文が聞こえてくると、成民は自分でも抑え切れない感動が全身に湧いてきた。

皮膚の色が黒ずんで、痩せぎすの老人がベットに座って天井の一点を見つめていた。

「中原さんですか」

成民は声を落として尋ねてみた。

「中原さん」

老人は読経を止めて、ゆっくりと首を成民の方に向けたまま、しばらく見つめていた。

「中原さんですか」

再度尋ねると、老人はベッドからすっと立ち上がって成民のほうに歩いてきた。

「中原です」

先刻までの弱々しい影は消えて、足もとのしっかりした歩調で広い病院の個室のなかを近寄ってきた。そして成民に握手を求めながら、応接椅子に案内をしてくれた。

「どうも失礼をしました。先程から瞑想をしていたものですから。それで、どちら様ですか」

今まで会ってきた家族とは接し方があまりにも違っていたので、成民は驚きと、違和感の中で自分を失いかけていた。

一通りの挨拶と自己紹介の後、延吉での孫さんの伝言を伝えていた。しばらく成民の話を聞いていた中原さんは、大きくため息をして話し始めた。

「妹が見付かりましたか、生きていましたか、困ったことですね。すぐにでも会いに行きたいのですが、躰の具合が悪くてね。どうにもならないのですよ。このたびはとんだ迷惑をお掛けいたしまして、申し訳ありません。ほんとうにありがとうございました」

丁重に礼を言われると、成民も悪い気がしない。

「残念ですね。躰がご不自由とあれば旅行も無理ですね」

中原さんは涙を流しながら、天井に視線を移して手で目もとを拭っていた。

「会いたい、会いたい、ほんとうに会いたい。ただ一人の身内ですからね」

他人に遠慮することもなく慟哭する中原さんを眺めていた成民は、自分のことのように、つい貰い泣きをしてしまった。

「いや失礼をしました、あなたが他人のようには思えなかったものですから、いやとんだところをお見せして恐縮です」

毅然とした態度は長年積み上げてきた商人の風格が滲み出ていた。

「ぶしつけですが、金さんはご家族とうまくいっていますか」

「特別変わったことはありませんが」

「それはいいことです。家庭が円満ということが第一ですね」

成民は中原さんの言葉を聞いて頷いた。

先程からの奥さんである社長の態度や、専務の息子の態度から察するものがあった。

「私の家族は複雑でしてね。それらのことが原因で病気になってしまったのですよ。苦労して今日を築いてきたのに、どうして仲良くできないものですかね」

中原さんはこうした自分の悩みや苦悩を話し合える相手が欲しかったのかも知れない。

中原さんの無言が続く間、成民は自分の家庭のことを思い出していた。何か困ったことがあるのかな、妻に不満もなく、男女二人の子供たちも成人して、それぞれが持っている仕事に追いかけられている毎日だが、とりたてて家庭内の争いもなく、また成民が秘めている崔京子のことも話したことはない。

旅行のことは成民の趣味であろうと家族たちは理解しているに違いないが、やがて訪れるであろう子供たちの結婚問題に対しても、成民は自分が韓国人であることは話していた。子供たちの反応は深刻なものではなかったが、妻の思いは分からない。

日本名中原一郎（朴相浩）は今年七十二歳になっていた。

出生は韓国慶尚北道の慶州から海に向かって二十キロ東の、ある寒村で生まれた。二つ違いの妹と二人の子供を残して父親は行方知れずになり、母親の手で細々と育てられてきたが、教育は母親から数字と簡単な読み書き程度を習っていた。

大東亜戦争が激しくなってくると寒村にも影響が出てきた。家族を養育する困難から疲労と心労が重なって母親が死んでしまった。途方に暮れた兄妹は大阪の叔父を頼って日本にやってきた。

十六歳の朴少年と、十四歳の妹（朴慶南）は母の葬儀に参列した叔父に連れられて大阪にやってきて一緒に住み、街で屑鉄屋を始めることになった。

戦争が激しくなり空襲の続くなかを、朴少年と叔父は大八車を引いて大阪の街を歩いていた。古雑誌、不要になった家庭用の金物を求めて一日の休みもなく働いていた。妹は危険な外回りを避けて掘っ立て小屋のなかで叔母と一緒に古品の整理をしていた。

時が経つにつれて言葉の不自由も徐々になくなってきたが。大阪大空襲の時には幸いに命だけは無事だった。

終戦後は廃墟となった大阪の街を走り回って食料の調達をしていた中原少年は、この頃から商才に長けていたのか、焼け跡から古い自転車を見つけてきて、それを修理して走り回っていた。あるとき自転車に乗って郊外まで食料の調達に行き、農産物や果実を買い取り、自転車に積み込んで帰ってきた。それらの品物を手入れして、妹と叔母が露天に並べて売り始めると、またたくまに売れてしまった。それからは焼け跡から自転車を見つけて来ては修理をして、叔父と二人で買い出しを始めることになった。

商売は順調になり、露天に商品を並べていた方法をやめて、そこに商品の展示台を作り、その上に屋根がつき、そして時間とともに店舗が出来上がっていた。すこし余裕ができたのでその当時安く手に入れていたのが、現在パチンコ屋が建っている土地だった。

街が回復すると八百屋に変身していた店もホルモン焼屋になり、そして現在の輸入雑貨を取り扱う商社に発展していた。

当時ホルモン焼屋で手伝いをしていた店員が現在の妻だった。

今では脂太りをして見る影もないが、かつてはやせ細って身寄りのない戦災孤児を叔父が引き受けて、中原さんと添わせてくれた。働き者で愛嬌もよくて評判の妻だった。子供ができ、男の子と女の子が一人ずつ生まれてきた。

二人の子供たちは成長してそれぞれ大学を卒業させてやったが、この頃から家庭の中がうまくいかなくなってきた。

韓国の戸籍を持っている中原さんは妻を入籍しないで、今日まで家庭を維持してきたが、戸籍謄本を見ると父親の欄が白紙になっている。大学を卒業した長男が就職に失敗して、自分たちには父親がいるのになぜ私生児の戸籍なのかと、中原さんの妻である母親に訴えた。

事情を説明しても子供たちには納得できない。

親としての責任と自覚が不足していると言いながら長男は日夜、中原さん夫婦に詰め寄っていた。

そうこうしていると娘がまた問題を持ち込んできた。

結婚を約束していた男性から兄と同じ問題で、父親が韓国人であるという理由で相手の男性側の家族から結婚反対の申し出があった。二人の子供の幸せを破った父親である中原さんは、日本人として帰化をして、朴相浩を捨て、中原一郎と名乗ることになった。

だがこれで問題が解決したわけではなかった。

いちど崩壊した家族が元の鞘に収まることはなかった。

子供たちが年齢を重ねていくにしたがって、中原さんの妻までが子供たちと結託して、口汚く中原さんを罵るようになった。

孤立した中原さんは、北朝鮮帰還事業が始まった当初、北朝鮮に叔父の夫婦と一緒に帰って行った、結婚間もない妹夫婦のことが思い出される。淋しくなった時や、季節の変わるころになると少女時代の妹を思い出していた。

一度でいい、妹に会ってみたいと思いながら、成民と同じように中国への旅を続けていた。

こうして数年前から頻繁に韓国、中国へと旅行をしていると、家族から露骨な申し出がなされていた。

それは家族たちへの財産分与だった。

何度も韓国に出かけて行くのは、財産を持ち出すためではないかといった邪推をし、また北朝鮮にいる妹に財産を与えるのではないかと、妻が中心となり家族が相談をして、裁判所に訴えられたことがあった。育てた子供たちにも失望をしていたのだった。

中原さんは自分の気持ちのよりどころを求めて旅をしたことが、こうして家族の崩壊につながってしまったことを思い、悔しくてならなかった。

昨年の冬心臓発作を患って救急車でこの病院に運ばれてきたが、今日まで家族の見舞いは一度もない。


初めて会った成民に、自分の親しい友人にでも話すように、これまでの人生を話しながら、時々目頭を押える姿が印象的だった。「これでもやっと元気になりました。あなたの他にも私をたずねてくれた人がいましたが、その当時は病気が重くてお礼も述べることが出来ませんでした」

中原さんはしばらく間を置いて、

「妹が見付かりましたか、会いたいな、ほんとに会いたい、私の財産を捨ててもいい、会いたい、私の命も永くはないのに」

誰に言うともなく声を上げて慟哭する姿に、成民の感情は極限に達していた。

顔をそむけて貰い泣きをする成民の手を握って、うん、うん、と頷きながら中原さんは平常に戻って言った。

「それで今度はいつごろ中国に行かれますか」

「今年の九月に行く予定にしてます」

「頼まれて下さい。孫婆さんにこれを渡して下さい」

と言いながら、中原さんは現金の入った封筒を二つ成民に渡した。「これは孫さんに渡してください」

「こちらは些少ですが、あなたの旅費の足しにしてください」

辞退する成民の肩を抱きながら中原さんは封筒を預けた。

「病院の玄関までお送りしたいのですが、ここで失礼します」

中原さんは自分の連絡先をメモに書いて成民に渡してくれた。

冷房の利いた病院の玄関を出て行きながら成民は思った。中原さんとも再び会うことはないだろうと、なんとなく考えていた。

広い道路には車が渋滞して、気温の上昇に伴って塵のようなものが充満している。近距離の視界はさほどでもないが、遠くの建物や人の姿を見通すことは困難だった。

重い気持ちと重い足取りで帰りながら、先刻の中原さんのことを筋道を立てて考えてみると、中国への人捜しの旅も不確実ではないことのように思えてきた。格別に自信があるわけではないが、仲介者の選定が成功の鍵であることが分かってきた。ましてや偶然であったにせよ、孫さんという人に出会ったことを感謝しなくてはならないと思っていた。


海に接している九州の地は、厳しい暑さから朝夕は解放されてきた。深夜から早朝のまだ陽が昇るまでは心地よい風が海から吹いてくる。山間には早い紅葉が見られ、秋の気配が流れ始めていた。

成民は九月第一週の木曜日にソウルを出発するための準備をしていた。崔京子の姿を想像しては、最初の言葉はどうしようか、子供の名前から聞き出すべきか、それより先にお互いが老いた手を取り合って泣くであろうか、と想像を巡らしては打ち消していた。

自分のとった態度を詫びるのが先ではないか、いや、会ってはくれないだろう。自分を捨てた男になぜ今更会わなくてはならないのか、と拒絶されるに違いない。成民にしてみれば懐かしさで逢いたいのではなく、現実から逃避した自分への責めと謝罪をしたいのが目的ではないのか、と自問自答を繰り返していた。

裕福で平和な国で生きているのならそれでもよいが、過酷な環境のなかで生死の確認すらできないことが焦燥感として、いつも躰の一部に残っているのも事実だった。

成民は前回の順序にしたがって、ソウルに向かって旅立った。

初秋の風が肌に心地よいソウルの街は数日前にも来たような安易な錯覚を覚える。街を歩いていても周辺に意識が散ることもなく気楽に過ごすことが出来る。

出発の朝、集合場所であるソウル空港に着いてベンチに腰掛けて周囲を見ていると、前回のようなツアー参加の客が見当たらない。集合場所を間違ったのではないかと思い確認をしたが、間違っていなかった。前回の春に出発したときには人の群れが出来ていたが、今回は参加者の数が少ない。

出国の時間が迫ってくると、三十人程度の参加者が集まってきた。やはり人の群れは多い方が活気があってよいものだと思った。

飛行機の中では空席が目立っているが、澄み切った快晴の空に向かって飛び立っていった。

再びやってきた延吉の町は濃い緑の先端に、黄色や赤の着色をした樹木が目立っていた。バスから見える景色も数カ月前の灰色とは違っているが、それでも音のない風景に違いはなかった。

色々な手順を知っているためかホテルのなかでも、前回のような混乱もなく自分の部屋にたどり着いた。広い道路が見渡すことのできる部屋で一息いれた成民は、明るいうちに孫さんを訪ねてみることにした。

ホテルの周辺には勧誘の男たちの姿がほとんど無くなり、代わりに露天の商人たちが衣料品や冬の防寒具を並べて客引きをしている。

成民は露天の商人たちをかき分けて、左の路地を入っていった。

記憶にあるセメントの塀を辿って行くと、木製で荒作りの戸があった。取っ手を押し開けると、中から孫さんの笑顔が見えた。

「いま来ましたか、待っていました」

笑顔を見ていると別人のような気がしてきた。小柄でさっぱりとした服装は若々しくて、それでも腰の辺りに帯のような肉が巻きついているようだった。背は低いが肩を左右に揺すりながら歩く姿は、動物にたとえれば何だろうかと考えていた。

「今夜来るかと思っていました」

ふたりは久し振りの再会を喜んで挨拶をかわしたあと、

「中原さんに会いましたか」

「はい、大阪まで行って会ってきました、大変な病気でした」

「そうでしたか、あんなに元気な人が病気でしたか」

孫さんが意外であると言った表情をしたので、成民は中原さんとの話をまとめて手短に話してやると、

「中原さんの妹さんも心配するでしょうね、困った」

孫さんは仲介者として本当に困ったような顔をしていた。

中原さんから預かった物を渡しても、孫さんは嬉しそうな表情をしなかった。

「ところで私のことはどうでしたか」

孫さんはしばらく成民の顔を見つめていたが、我に帰って、

「そうでした、いい話ですよ、分かりましたよ。私は会っていませんが、私の代理人が本人に会いました」

孫さんの話を聞いた成民は自分で想像していたほど驚きはしなかった。それは中原さんのことを見ていると、そうなることが当然であるかのように思っていたからかも知れない。

「どこに住んでいたと思いますか、思った通り會寧《ヘリョン》の炭坑鉄道で働いていましたよ。嬉しいでしょ。明後日逢いに行きましょう」

成民は事実の確認もなく簡単に言いきってしまう孫さんが、分からなくなってきた。こんなに単純にことが運んで行くものかと懐疑的になっていた。

孫さんは崔京子のことを話し始めた。

北朝鮮では日本からの帰還者については厳重に監視がされていて、行動や個人別の履歴などが詳しく記録されている。そのために役人に外国の金を渡して調査することは比較的容易だという。

崔京子は帰還後集団農場に開拓団として入植していた。その時に男子を出産したが、京子本人は過労と衰弱のために病院に入院してしまった。開拓団には完全な療養施設もなく、生まれた子供は京子の母親が養育して、京子は病院のある町に転置されてしまった。

厳寒の中で慣れない生活を続けている人たちだが、特に体力のない老人たちの中には、温暖な日本での生活に順応していたものが急激に寒冷地にやってきたために躰が大きな変化に対応できなくなって死亡する者が増えてきた。新天地を求めてやってきた人たちが死期を早めることになっていた。

その後体力が回復すると、京子は町の石炭運搬鉄道の事務職に就いた。その後は開拓団から息子を呼び寄せて、京子の母親も一緒に鉄道の宿舎で暮らすことになった。

現在は定年を迎えて、労働党の雑務を手伝いながら、同じ鉄道に勤めている息子夫婦と孫に囲まれて生活をしている。

崔京子の血縁と言えば、息子と孫の二人だけだった。京子の母親はすでにこの世を去っているが、日本から一緒に帰還した弟は開拓団にいる頃、栄養失調で亡くなっていた。

孫さんの代理人が、日本にいる金成民を知っているかと京子に尋ねたら、しばらく間をおいて「覚えていない」という返事が返ってきた。

代理人が、人違いかも知れないが会ってみる気持ちはないかと再び尋ねると、

「あなたがたの指示に従います」と言って席を外した。

息子の手前言葉を選んだのではないかと孫さんの代理人は思った。孫さんの報告を聞いていた成民は、複雑な気持ちになっていた。

なぜ結婚していないのか、または北朝鮮に帰還後結婚したのかを尋ねてくれなかったのかと、孫さんの言葉の足りないところがもどかしい。

息子に知られることがそんなに困ることなのであろうか、と考えてしまう。京子が自分から成民に会いたいと言ってくれないことがどうしても納得できないものがあった。

今日までの思い入れや期待が足下から崩れて行くようだった。

「孫さん大変ご苦労さまでした、お礼を申し上げます。それからいつあの人たちに会うことが出来ますか」

成民は重ねて聞いた。「土曜日の午後会いに行きましょう。延吉から南に豆満江を四十キロ上って行きますと開山屯《カイサントン》の町があります、その辺りで会うことになりました」

成民は孫さんと別れてから、祝宴なのか、残念会なのか自分で判断することも出来ない気

持ちでウオッカを飲み干していた。

これで過去のすべてが終わるのだ、精算出来るのだと自分に言い聞かせるのだが、なぜか他人事のようで確信がない。

その夜、成民はホテルのバーのカウンターで飲んでいると、見覚えのあるボーイが軽く会釈をして近寄ってきた。

「旦那様再びやってきましたね」

安っぽい日本語で喋りながら成民の腹の中を見透かしたような顔をして水を運んできた。

「失恋しましたね」

「何の話だ」

「北朝鮮の恋人ですか、いもとさんですか」

こうして単刀直入に切り込んでくると一瞬ひるんでしまう。

ウオッカに酔った振りをして切り返した。

「おまえさんの推察通り恋人だ」

「そうてしょ、日本から来るお客さんみんな同じじょ」

「なにが同じだ」

「ちゅかいにん（仲介人）逃げたてしょ」

「わしが騙されたと言うのか」

「そう、それてす」

「安く見られたものだ」

「旦那さん淋しいか」

「…………」

「ロシアのともたち呼ぶか」

「友達、女か」

韓国のホテルでボーイたちが世話をする女のことかと察しは付いていたが、客の数も少ないせいか執拗にボーイはロシアの女を売り込んでくる。

「二百ドル」

ボーイは指を二本示して成民の肩口から話しかける。

成民がしばらく黙って音楽に耳を傾けていると、いつの間に連れてきたのか隣の椅子に女が座っていた。

「連れて行きなさい。部屋に連れて行きなさい」

ボーイは女に何かを喋ると消えてしまった。

カチューシャのポスターから抜けて出てきたような若い女が座っていた。喋る言葉もなく、ただ成民の顔を眺めては笑っている。

ほの暗い明かりの中で眺めているロシアの女も悪くないと思っていた。頭から被っている原色のスカーフから赤い髪がのぞいているが、肌の白い頬あたりに赤みをおびた顔が少女のようだった。

終始無口で女を眺めていると、先刻のボーイがやってきた。

「社長、早く連れて行きなさい」

「おれは女はいらん。なんだ一生ビンのような女を連れてきて、つい顔で騙されるところだった」

成民の剣幕に驚いたボーイは女を椅子から離すと、

「若いがいいですか」

「女はいらん」

再度断り、ボーイと女に十ドル紙幣を一枚ずつ渡して追い払った。

ウオッカを飲み過ぎた成民は正体もなく、いつ自分の部屋に戻ったのか知らなかった。だが朝の目覚めはよく、いつになく頭がすっきりとしているのが心地よかった。

今日までの鬱積が消えてしまったような軽快な朝を迎えていた。

崔京子と会える日の早朝、ホテルのロビーで成民は待っていた。

北国の夜明けは遅く、薄暗いロビーには人がいない。フロントの明かりは点っているが、硝子に内部の様子が映っている。

六時の時報がどこかで鳴ったが、孫さんの姿は見えなかった。

成民は連日のウオッカで体調を崩したのか、腹の具合が悪かった。

目を閉じて応接の椅子に頭を預けていると、玄関の硝子戸を孫さんが叩いていた。夜間は寒いのか初対面の時のように体が丸くなるほど着込んでいた。

17

道路の両側には松の並木が続き、川岸に向かって砂利や小石のある広場に出てきた。運転手も疲れた様子で車を木陰に寄せて停車した。休憩でもするのかと思ったら孫さんが目的地に到着したことを教えてくれた。運転手は川原で顔や手足を洗って、松の根元に腰を下ろしてしまった。

成民はこれからどのような流れになって行くのか、心配になってきた。運転手の側に腰を下ろした孫さんは鞄からウオッカのビンを取り出して、運転手に飲むように勧めていた。成民にもビンが回ってきたが車の振動で気分が悪くなったことを説明すると、これが薬だと孫さんは勧めてくる。思い切って一口飲み込むと意外にも楽に躰が受け付けてくれたが、しばらくすると全身に活力が湧いてきて気分が変わってきた。

午後の太陽が頭上に届いた頃になると、どこからやって来たのか、林のなかには多くの人たちが集まっていた。

中には裸足になって川の流れに浸かっている者や、向かいの岸に向かって小さな声で呼びかけている人たちもいた。

木陰でしばらく休んでいると孫さんが成民に声を掛けてきた。

「見なさい、あちらから子供を連れた若い夫婦と後ろに年配の女の人がくるでしょ。子供が小さな旗を持って、あの人たちですよ」

成民は一瞬孫さんを疑った。この川原で崔京子と対面出来るものと思っていたら、対岸を行く京子を眺めるのか。失望してしまったが、孫さんは人の懸念など考えないらしく対岸を指差しながら、興奮している。

「さあ近くにきましたよ、よく見なさい。あの婦人があなたの奥さんでしょ。手を振ってあげなさい」

成民はしばらく対岸の親子連れを見つめていたが、京子を確認することは不可能だった。自分の待っていた京子は背が高く、行動も機敏で若い女であったはずだ。あんなに老いぼれた女ではなかった、と思っていても成民の目は一点から離れない。

手を振ることに躊躇しているのは、あまりにも想像現実が違いすぎるので、それに抵抗しているのかも知れないと思った。

対岸の一行は、こちらの視線を気に止めている様子もなく、通り過ぎて行った。自分の決心が定まらないことに不満を感じながら、成民は戸惑っていた。

引き返して再び自分の前を通るときには大声で呼んでみようと思っていたら、その家族たちは再び引き返しては来なかった。

成民は、自然に流れ出る涙を拭きながら、

「あれは人違いだ。崔京子ではない。あんなに幸せな姿ではない。あれは私の子供ではない」

押し殺したような声で呟きながら、松の幹を拳で叩いた。

「旦那さん落ち着きなさい。今度私が会ってきますから」

孫さんの言葉が成民には届かない。


どこからか、夏を惜しむような蟬の声が聞こえてきた。

いままで忘れていた豆満江の流れが激しく響いてくる。

成民は紙幣を丸めて、成りゆきを不安な顔付きで見つめている孫さんに渡すと、二人の前を通り過ぎて、今来た道を歩いて引き返して行った。


（了）

〔参考文献〕

「北朝鮮帰国事業関係資料集」金英達・高柳俊男編、新幹社発行

著者プロフィール

洪 三奎（こう さんけい）

本名・姜 烘奎
1936年（昭和11年）、広島市吉島羽衣町にて出生。
広島県立広島工業高等学校卒業。
国際ペンクラブ会員、広島県詩人協会会員、「九州文学」同人、季刊「午前」同人、他。
宮崎県宮崎郡田野町
福岡県筑紫野市二日市在住。

北の蜉蝣《かげろう》

2002年9月15日　初版第1刷発行

著　者　洪 三奎
発行者　瓜谷 綱延
発行所　株式会社 文芸社
〒160-0022　東京都新宿区新宿1-10-1
電話　03-5369-3060（編集）
03-5369-2299（販売）
振替　00190-8-728265

印刷所　株式会社 平河工業社

ISBN4-8355-4089-1 C0093